Hans Bethge

Mein Sylt

Ein Tagebuch

Hans Bethge: Mein Sylt. Ein Tagebuch

Erstdruck: Berlin, Fischer und Franke, 1900

Neuausgabe
Herausgegeben von Karl-Maria Guth
Berlin 2017

Dieses Buch folgt in Rechtschreibung und Zeichensetzung obiger Textgrundlage.

Umschlaggestaltung von Thomas Schultz-Overhage unter Verwendung des Bildes: Fritz von Wille, Meeresbrandung auf Sylt, 1894

Gesetzt aus der Minion Pro, 12 pt

Verlag: Henricus - Edition Deutsche Klassik GmbH
Mörchinger Str. 33, 14169 Berlin, info@henricus-verlag.de
Druck: Libri Plureos GmbH, Friedensallee 273, 22763 Hamburg

ISBN 978-3-7437-0351-3

Bibliografische Information der Deutschen Nationalbibliothek

Die Deutsche Nationalbibliothek verzeichnet diese Publikation in der Deutschen Nationalbibliografie; detaillierte bibliografische Daten sind im Internet über www.dnb.de abrufbar.

An Joachim und Hedda

Plaisir d'amour ne dure qu'un instant,
Chagrin d'amour dure toute la vie ...
      Refrain d'une chanson populaire
          du XVIII. siècle.

Vergissmeinnicht.
O die Sonne ist längst gegangen –
Warum fühl ich die Sterne nicht?

Das nachfolgende Sylter Tagebuch wurde im Sommer 1898 von meinem Freunde, dem Studenten der Philosophie *Joachim Briest* niedergeschrieben, einem künstlerisch reich angelegten Menschen, der es jedoch aus Mangel an geistiger Konzentration nicht zu einer gedeihlichen künstlerischen Betätigung bringen konnte. Er taumelte sein Lebtag aus einer Stimmung in die andere, gab sich jeder neuen Erscheinung mit Begeisterung und Leidenschaft hin, um ihn beim Auftauchen einer andern, die ihn für den Augenblick mehr reizte, ebenso schnell und unbekümmert wieder aufzugeben. Er empfand tief, oft zum erschrecken, aber seine Empfindungen verrauschten schnell. Er war aus den religiösen Scrupeln, die ihn, als er eine Zeitlang in einem religiös zerfahrenen Lande weilte, heimsuchten, als Fatalist von stiller Resignation hervor gegangen und verstand es, über das Leben und seine lustigen Grausamkeiten (so sagte er) mit Anstand zu lächeln. Als ihn auf Sylt die Nachricht von dem plötzlichen Tode seiner jungen Braut, die er sich kurz zuvor gewonnen hatte, ereilte, fiel er in Irrsinn, aus dem ihn menschliche Hilfe nicht mehr erretten konnte. Kürzlich ist er in einer Heilanstalt gestorben, wo er niemals abliess, vom Reich der blauen Raben zu fabuliren, dem er entgegenreise, zu welchem Zweck er seine Wärter unermüdlich ermahnte, seine Koffer bereit zu halten. Als ich ihn das letzte mal in der Anstalt besuchte, lud er mich freundlich ein, die Reise gemeinsam mit ihm zu unternehmen. Als ich es abschlug, da ich keine Zeit habe, meinte er: »Es ist vielleicht auch besser so, wenn Du noch bleibst, denn ich glaube fast, Du bist noch nicht reif für das Konsortium der blauen Raben. Übrigens – willst Du, ehe ich reise, ein Andenken von mir? Nimm dieses Buch, es ist ein Tagebuch, das ich auf meiner Insel in der weissen Villa schrieb. Du weisst, als ich noch das rote Kleid besass, das mir die Leute genommen haben. Das Buch hat keinen Wert mehr für mich, denn ich reise nun endgültig in das Reich der blauen Raben, wo es wichtigere Dinge zu tun giebt, als in alten Tagebüchern blättern. Aber Dich interessirt vielleicht manches in dem Buch, Du hast ja meine Insel auch so gerne. Willst Du es haben?«

Seine Worte zerschnitten mir das Herz. Ich nahm die Blätter und sagte ihm Lebewohl, um ihn nicht wiederzusehen. Hier ist das Buch.

Barcelona
Neujahr 1900.
Hans Bethge.

H...., 30. Juni.

Von meinem Zimmer aus hatte ich von je einen hellen Blick in die Freiheit. Ich sah über weite, fruchtbare Felder. Im Frühling lag ein zarter Teppich zu meinen Füssen aus hellgrüner Seide. Im Sommer lachten Mohn und Wicken durch das Getreide, und der Abend tauchte die Ähren in violettes Licht. Der Herbst breitete ein goldenes Tuch über das Gebiet, und durch die Luft schwangen sich bunte Drachen und die Jubelrufe der Kindheit. Der Winter deckte die schlafende Scholle mit bleichen Händen und hütete sie wohl. Dann war alles feierlich umher. Nur ein paar ruppige Krähen klagten bisweilen nach Speise. Wenn sie auf der weissen Fläche sassen und ihre Schnäbel durch den Schnee zu bohren suchten, sah es aus, als habe ein Kind auf ein grosses Blatt Papier die Feder ausgespritzt.

Das ist mit den Jahren alles anders geworden. Immer kleiner wurde der lichte Kreis. Immer näher traten die dumpfen Häuser der Menschen heran. Immer mehr schmälerten sie mir meine Herrlichkeit.

Was aber haben sie heut morgen getan? Heut morgen haben sie Wagen mit Bausteinen herbeigefahren und die Steine vor meiner Türe aufgehäuft. Arbeiter in blauen Blousen sind gekommen und wühlen unten herum und beginnen ein Fundament in die Erde zu legen. Das Fundament zu einem Hause auf dem letzten kleinen Flecken Natur, an dem sich mein Auge noch erfreuen durfte. Wie lange, dann sehen fremde Menschen in mein Zimmer, beobachten, wann ich auf stehe, wann ich mich niederlege, und riechen, was ich zu Mittag esse. Ich mag es nicht mit ansehen, wie man den Bau so grausam langsam vor mir emporführt. Leb wohl, Du alte, graue, winklige Stadt! Lebt wohl, liebe Freunde! Leb wohl, Du meine ... Du ... ah Du ...

*

Die Sonne des ersten Juli lacht in meine Fenster. Unten erhebt sich eine Staubwolke von abgeladenem Kalk. Ich muss die Fenster schliessen, um sie nicht einzuatmen. Entsetzlich. Es wird Zeit, dass ich fliehe.

Hedda ...

Ein blasser Kopf steigt vor mir auf, mit hoher Stirn, auf die sich ein paar goldene Locken niederneigen. Ich sehe zwei braune Augen glänzen und darüber ein Paar Brauen sich dehnen wie Kohle. Einen vollen Mund seh' ich nach mir sich sehnen, zwei Lippen, die wie himmlische Wunder sind und deren Seligkeiten ich kenne.

Hedda, meine Königin, denkst Du an mich? Vorgestern war es, dass ich Dich das erstemal in diesen Armen hielt, draussen im Wald, während der Abend kam, weisst Du? Morgen musst Du fort aus dieser Stadt auf den grausamen Befehl einer entsetzlichen Tante (die Tante hasst mich, sie schwärmt für alles, was klassisch ist, ich bin ihr ein Scheusal, denn ich bin gar nicht klassisch, was schiert mich das?), so will auch ich nicht länger bleiben an einem Ort, der ohne Dich nichts Reizvolles für mich hat. Ich ziehe auf meine Insel, nach meinem Sylt. Heut Nachmittag komme ich noch einmal zu Dir. Dann wollen wir noch einmal von unserer Liebe sprechen. Morgen trennen sich unsere Wege. Aber sie werden wieder zusammenmünden.

*

H...., 1. Juli, nachts.

Nun haben wir uns Lebewohl gesagt; auf dem steinernen Balkon über dem alten Marktplatz, während die Sterne am

Himmel standen. Du fragtest mich ängstlich und tausendmal, ob ich Dich wirklich liebe und Dir treu bleiben wolle und in Deine Heimat kommen, Dich zu holen. Ah, Du Dumme, Süsse Du, mi ángel, mi linda, mi todo …

Noch wenige Stunden, und wir ziehen beide fort. Du dahin, ich dorthin. Wann haben wir uns wieder?

*

Der Morgen ist hell und still. Hedda schläft noch, sie fährt einige Stunden später. Oder schläft sie nicht mehr? Liegt sie wach in den Kissen und sieht nach der Uhr und denkt: Jetzt fährt er?

Der Zug saust nordwärts, durch flaches Land, das meine Heimat ist. Hier hemmt keine Höhe den Blick, der ins Unermessene geht. Taugenässte Felder und Wiesen, über die noch die Nebel des Morgens schleichen. Einsame Gehöfte mit roten Ziegeldächern. Dörfer, vom hellen Laub fruchtbarer Obstbäume durchsetzt und überragt von dem spitzen Schieferdache des Kirchturms. Einmal ein weisses Schloss in einem alten Park, aus dem die Fläche eines Teiches leuchtet. Kleine Gehölze aus Kiefern und mannigfachem Laubholz. Am Horizont der bläuliche Strich eines riesigen Waldes, darin Hirsche und Rehe ihr märchenhaftes Dasein haben, fern von der lärmenden Welt. Jetzt ein Fluss, breit, ruhig, in niedrigen Ufern: die Elbe. Ein Dampfer stampft stromauf, eine Reihe breiter Lastkähne hinter sich, die er in Hamburg in Schlepptau nahm.

Aus der mitteldeutschen Ebene gleiten wir allmählich in die norddeutsche über. Diese grossen Flächen sind landschaftlich nie voll gewürdigt worden, obwohl sie so reich sind an Schönem. Ihre Reize enthüllen sich freilich nicht jedermann. Du musst ein empfindsames Auge haben, der Sinn für schlichte Weite und Grösse muss Dir aufgegangen sein, wenn Du geniessend durch diese Lande fahren willst. Mich, wenn ich in bunten Fernen war, zog es immer wieder mit Verlangen in ihre Gebreite zurück.

*

Ein sandiger Weg dehnt sich in die Heide. Erst fern am Horizont verliert er sich, ein dünner Strich. Ein Fuhrwerk müht sich hindurch, von einem Gaul und einem roten Ochsen bespannt. Der Knecht, die Kurzpfeife im Mundwinkel, schleicht nebenher. Mitunter hebt er die Peitsche ein wenig und zerrt an den Zügeln, eine Aufmunterung für die ermüdeten Tiere. Kleine Gebüsche von Birken erheben sich allenthalben. Dort auf einer sanften Höhe eine Windmühle. Ihre Flügel rasten, sie ist wie tot. Stille, Stille brütet über dem Land. Wenn Du heut im Felde liegst, hörst Du jeden Käfer sich regen, jedes Insekt die Luft durchirren, und aus den entlegensten Dörfern vernimmst Du die kleinsten Geräusche mit wunderbarer Klarheit.

Öde ist das Land, nicht Felder noch Wiesen. Selten ist eine Kathe, eine halb versunkene Hütte zu unterscheiden. Nichts als Sand und Heide und kleine Inseln von Gesträuch.

Einmal grast eine Herde Schafe dicht neben dem Schienenstrang der Eisenbahn; ungefähr ebensoviel schwarze wie weisse Tiere. Der Schäfer, in langem, dunkelblauem Rock mit gelben Knöpfen, lehnt auf seinen Stab und strickt. Er sieht nicht auf, da der Zug vorübersaust. Sein Hund liegt neben ihm und schlägt mit den Tatzen täppisch in die Luft nach Mücken, die ihn belästigen. Die Schafe halten die Schädel geneigt und fressen. Sie wenden uns ohne Ausnahme die Hinterteile zu, nicht eines dreht sich um. Die Welt, die an ihrem Frieden vorbeifegt, geht sie nichts an. Sie fressen und schlafen, fressen und schlafen, fressen und schlafen. Anderes kümmert sie nicht. Nicht Gewissen, nicht Gott, nicht Weisheit, nicht Himmel, nicht Hölle. Glückselig sind die Schafe.

*

Das Haar meiner Hedda ist weich wie Seide und goldbraun, gleich jungen Kastanien, die eben aus der Schale gefallen. Ich sehe noch, als wir eines Nachmittags bei einer Radpartie (es pochte schon in uns, aber wir fühlten die künftigen Flammen erst dunkel) durch einen Nadelwald kamen und unsere Räder langsam führten, da der Weg zu steil war, – ich sehe noch, wie da die Sonnenflecken, die durch die Zweige der Kiefern fielen, auf dem Reichtum Deines Haares goldene Krönchen formten, sodass ich von dem Anblick ganz gefangen war. Ich sagte Dir nicht, wie schön Du wärest, aber Du kamst mir auf einmal wie eine Waldfee vor, unnahbar, die ich nie berühren durfte, und es war mir, als ob alles um mich her in einem tiefen Zauber läge. Ich sah nur immer auf Dein Haar und seine lieblich schimmernden Kronen und wünschte, dass ich mich von dieser Schönheit nie zu trennen brauche.

O, wenn ich erst wieder durch Dein goldenes Haar hinfahren darf und zu Dir sprechen:

»Hedda, ich liebe Dich.«

*

Hamburg. Ich verlasse den Zug und begebe mich zu einem Freunde nach Eppendorf in das Krankenhaus, wo er nun schon seit einem Jahre gelähmt hilflos darniederliegt. Mein Freund spricht die Hoffnung aus, dereinst zu genesen. Dereinst – – es klingt, als läge es in der grauen Unendlichkeit. Wenn ich es könnte, ich würde machen, guter Freund, dass Du noch heute sprängest wie ich. Doch wer weiss, wie bald auch ich mit Springen aufhören werde. Wer weiss?

Der Zug dampft über die Lombardsbrücke. Von ihr eröffnet sich ein Prospekt auf die düstere Stadt, die sich nur wenige Tage im Jahr aus ihren Nebeln löst. Auch auf dem Wasser der Alsterbecken schwebt grauer Dunst. Die Türme der Kirchen ragen in verschwommenen Silhouetten durch die Luft. Weitherüber vom Hafen vereinzeltes Tuten.

Ich liebe Hamburg nicht. Es ist keine frohe Stadt.

*

Giebt es eine zweite Fahrt, die von so köstlich gesunder Stimmung ist, wie die Fahrt durch die Marschen Schleswig-Holsteins? Gesättigte Fluren, Wohlstand, wohin Dein Auge geht. Wiesen von seltener Üppigkeit, darauf das herrlichste Vieh. Die einzelnen Besitzungen sind durch Knicks voneinander getrennt. Pferde, Kühe, Schafe weiden beieinander. Das Land ist von schmalen Kanälen durchzogen, auf denen stille Ewer treiben. Hier, da in der Ferne, siehst Du mitten im Lande ein Segel in die Höhe ragen, während die enge Wasserstrasse dem Auge verborgen bleibt, ein seltsamer Eindruck, wenn Du ein Fremdling im Lande bist. Die Gehöfte stehen meist vereinzelt. Niedersächsische Bauernhäuser mit breiter Tenne, strohgedeckt, auf dem Giebel noch häufig die gekreuzten heidnischen Pferdeköpfe. Die Gebäude sind aus roten Backsteinen aufgeführt, während das Fachwerk mit grüner Farbe gestrichen ist, was einen lebhaften Kontrast abgibt. Über dem Eingang zur Tenne prangen ehrwürdige Sprüche. Auf dem Dach ein Storchnest. Ein Brunnen mit riesigem Schwebebalken nahe bei der Tür. Ein paar uralte Bäume, Eichen oder Linden oder Buchen, verstreuen ihren Schatten über das moosüberwachsene Dach und den Eingang. Ein Garten mit Gemüsen und bunten Sommerblumen liegt nach Osten hin. Kiebitze und Störche fliegen durch das Land, nirgends siehst Du sie in grösseren Scharen. Sie verleihen dieser nordischen Landschaft einen charakteristischen Reiz, besonders die Störche. Es ist ein ebenso anmutiges Bild, sie gravitätisch über eine sumpfige Wiese stolziren zu sehen wie zu beobachten, wenn sie sich flatternd auf ihre Nester niederlassen oder sich von diesen erheben. Die Kiebitze haben einen merkwürdigen Flug. Sie fliegen nicht, sie schwirren, sie stechen, sie bohren, wie kleine, flüchtige Teufel.

*

Ich muss mir oft gestehen, dass ich dies Glück nicht wert bin, das nun über mich gekommen ist. Aber doch, wenn ich es plötzlich wieder preisgeben müsste, – ich würde sterben, schnell und unrettbar.

Wenn ich rückwärts an jene wilden Tage denke, in deren Wirbel ich noch vor kurzem trieb, so erschrecke ich. Sie sollen auf immer, auf ewig begraben sein, eine dichte Hecke soll auf ihrem Hügel wachsen. Ich fühle es lächelnd, dass ich weit über ihnen schwebe, und ihre Schatten ängstigen mich nicht mehr. Ich will nur an die Sonne denken, die ihre Strahlen um mich giesst. An die wundervolle Sonne, die Hedda heisst.

*

In Husum verlasse ich den Zug. Husum ist die Geburtsstadt Theodor Storms, eines der grössten lyrischen Künstler, die Deutschland seit Goethe hervorgebracht hat. Husum ist eine stille, weltferne Stadt mit gewundenen Strassen und alten Giebeldächern, auf denen die Störche ihre Nester haben. Vor den Toren dehnt sich die Geest mit ihren Heiden, näher dem Meere die fruchtbare Marsch, von salzigen Wasserprielen durchzogen, die sich von Westen her ins Land gefressen haben und zur Ebbezeit verschlammen. Das feste Land schützt ein breiter, überaus kostbarer Damm. Hinter ihm lebt das Meer. Heut in Aufruhr, morgen in heiterer Ruhe, von silbernen Vögeln belebt, dann ganz verschwunden, nur Schlick, seichte Rillen, Muscheln, Baken, Gestrüpp und Leichen von Seetieren – mitunter auch andere noch. Heut Sonnenlicht, darin die fernen Fenster der Halligen blänkern, morgen Nebel, Nebel, Nebel, alles begrabend, alles verschiebend, der Tod für die, welche sich beim Wandern über den Schlick von ihm überraschen lassen. Der Nebel aber häufiger als die Sonne, und die Farbe des Wassers nur an erlesenen Tagen blau. Möven, Kraken, Regenpfeifer, – selten in einem Garten der Stadt eine Nachtigall. Auf der Marsch Störche und Kiebitze, oben auf der Geest Windböcke, Kathen, vereinsamte Höfe. Überall aber vernimmst Du das Meer, brüllend oder raunend, und stehst Du während der Ebbe auf dem Deich, so dringt aus dem Schlamm herauf ein Knistern und Gähren an Dein Ohr wie geheimnisvolle Warnerstimmen.

Das ist die Heimat Theodor Storms. Hier dichtete er, hier verbrachte er die grösste Zeit seines Lebens und liegt er begraben. Hier hat man ihm auch ein würdiges Denkmal aus Erz errichtet, unter den alten Linden im Schlossgarten, zu denen vom Deich herüber die ewigen Lieder des Meeres klingen.

Ich kehre ein im gastlichen Hause der Frau Do. So hiess der tote Dichter seine Gattin Dorothea, so liest man ihren Namen auch in seinem Versbuch. Nach einer Weile erinnerungsvollen Plauderns rüstet sich die alte Dame, und kurz darauf wandern wir zusammen durch die einsamen Strassen der Stadt. Verwetterte Schiffergesichter mit grauen Bärten begegnen uns, jedes grüsst mit Ehrerbietung, denn Frau Rat ist einem jeden bekannt. Auf dem Marktplatz schreiten wir am Geburtshause Storms vorüber, einem der ältesten Gebäude der Stadt. Über uns hängt ein bleierner Himmel, der den Husumern Gewohnheit ist. Gegen Abend wird es Regen geben. Ein paar Möven haschen sich kreischend über dem Marktplatz. Von jenem Dache erhebt sich mit breiten Flügeln ein Storch. Die alte Turmuhr hebt aus und schlägt die Mittagsstunde.

Wir betreten an der Magdalenenkirche vorüber den Friedhof. Hart an der Strasse, von vollen Linden beschattet, liegt eine verwetterte, schmucklose Gruft. Hier ruhen die Toten der Familie Storm. Hier ruht auch der grösste unter ihnen.

»Es ist nur noch ein Platz in der Grube« bedeutet Frau Do. »Der ist für mich. Dann wird man die Grube verschliessen auf immer.«

Kein Name steht auf dem Grab, keine Rosen blühen darauf, kein Epheu rankt sich darüber. Nur elender, grauer Kalk, grauer Himmel weit oben und die Rufe grauer Vögel bei Tag und bei Nacht. Aber fröhliche Kinder spielen dicht daneben auf der Strasse und klettern zuweilen lachend auf der Stätte des Todes herum, und im Frühling blühen die Linden darüber und duften, duften stark und wunderbar.

Wir legen einen Strauss gloire-de-Dijon-Rosen auf den bröckelnden Kalk, dann schreiten wir durch Husums Strassen zurück zum Hause der Frau Do. Überall in den Strassen giebt es Erinnerungen an den toten Dichter. Was er auch immer schuf, er schöpfte es aus dem Borne der Heimat: aus Begebnissen, aus Überlieferungen, aus Träumen.

Nach dem Mittagessen ziehe ich allein vor die Stadt hinaus zum Deich. Kühe weiden in dem flachen Wiesenland, das man dem Wasser abgerungen hat. Dann der Damm. Dann das Meer. Es weht eine leichte Brise aus Westen. Die Flut, auf der ich in wenigen Stunden hinausfahren werde, ist im Steigen.

Draussen liegen die Inseln, die Halligen, still und stumm, flach, in blasse Schleier gehüllt, verlorene Königreiche, graue Gestade der Einsamkeit. Auf dem nahen Nordstrand gehen ein paar Mühlen, langsam, langsam, müde. Einige Boote mit riesigen Segeln schaukeln in der Ferne. Unter mir auf den seichten Watten stehen auf hohen Beinen allerhand Seevögel, ohne sich zu regen. Sie haben zumeist die Köpfe unter die Flügel gesteckt. Andere rascheln durch das Schilf am Ufer entlang. In der Luft einige Seeschwalben und Möven. Der Himmel ist wie Blei, genau wie das Meer. Du ahnst nicht, wo die Sonne verborgen steht. Jetzt lösen sich vereinzelte Tropfen aus der Höhe. Ich wende mich und kehre langsam nach Husum zurück.

Am Theetisch der Frau Do sage ich Lebewohl und schreite dann zum Hafen hinab, wo der kleine Dampfer liegt, der mich durch die Inseln tragen wird. Der Hafen von Husum ist eng und still wie die Stadt. Zur Ebbezeit liegt er verschlammt, erst die Flut führt ihm Wasser zu. Er birgt nur Halligschiffe, Dampfer und Segelboote, die in der Mehrzahl zur Beförderung von Gütern dienen. Die Halligleute verlassen die Inseln nur selten.

Ein Klingelzeichen. Der Schornstein tutet. Das stämmige Fahrzeug löst sich und strebt durch den engen Kanal, der das Watt mit dem Hafen verbindet, qualmend und stampfend hinaus. Nun geht es durch den Damm, in den eine Schleuse gebaut ist, die sich hinter uns wieder schliesst. Nun sind wir im Watt.

Einige Möven gesellen sich zu uns und umkreisen das Fahrzeug. In den seichten Stellen am Ufer hockt noch immer das Geflügel oder huscht durch die Blätter des Schilfes.

Ich bin der einzige Passagir. Ich stelle mich vorn aufs Spriet, das das Meer aufreisst, die salzigen Tropfen spritzen zu mir empor und durchnässen mich. Die See wogt leise. Mitunter unterscheidet mein Auge grosse lila Quallen auf dem graugrünen Wasser, wie Teller, einmal weiterhin den schlauen Kopf eines Seehundes, der schnell wieder verschwindet. Und ich muss plötzlich an das Spriet eines anderen Schiffes denken, von dem ich einst über eine azurene Fläche sah, auf der goldglänzende Strahlen lagen, Delfine sprangen vor uns durch das Blau und an der Küste qualmte der Vesuv. Da gab es Sonne, unendlich viel Sonne und Licht. Wann giebt es das über der Halligwelt?

Aus Westen rücken langsam graue Schleier heran und hüllen die Fernen ein. Die entlegenen Inseln verschwinden, die näheren ragen geisterhaft aus dem flutenden Nebel auf. Die uralten Häuser auf den Werften sind nun wie trotzige Felsenburgen. Einmal fahren wir ganz hart an dem Saum einer Insel vorbei: Hooge. Die Werft herab schreitet langsam ein Mensch, er erscheint wie ein Riese aus vergangenen Tagen. Die weidenden Schafe auf der Hallig sind wie Ungetüme. Bin ich in einem Zauberland? Der Dampfer stampft weiter. Hooge liegt im Nebel begraben …

Verirrte Töne dringen aus dem Dunst herüber. Die Insel, von der sie ausgehen, ist nicht zu erkennen. Ein leiser Nebel sickert mählich durch die Trübe. Der graue Steuermann, der sich, in einen Teerkittel gemummt, zu mir gesellt hat, erzählt eine alte Inselsage. Die paar Vögel, die das Fahrzeug begleiten, flattern unstät durch die Dämmerung, gleich den Seelen Toter, die keine Ruhe finden.

Gegen Abend klärt sich die Atmosfäre. Die Nebel weichen zurück, das Wasser glänzt wieder in die Weite, und die Inseln treten hervor. Dicht vor uns dehnt sich Amrum, eine der grössten unter den Halligen, darauf steuern wir zu.

Wir werfen Anker, ich verlasse das Dampfboot, um auf der Insel zu übernachten. Ich sende mein Gepäck in das Gasthaus und folge langsam nach. Indem ich über die Düne schreitet wende ich den Blick noch einmal zurück auf die Inseln. Dort liegt das trotzige Nordstrandischmoor mit seinen hohen Werften, dort das schlanke Langenäs, dort Oland, dort Seesand, dort Süderopp, dort Gröde, dort Habel. Am nächsten aber das grosse Föhr mit dem Seebad Wyck, das ich morgen passiren werde, um nach Sylt zu gelangen.

Ehe ich schlafen gehe, luge ich nochmals von dem Fenster meines Zimmers hinaus. Aber es ist nichts zu unterscheiden. Der Mond steht hinter den Wolken. Ich weiss nur, dass mein Auge über eine riesige Fläche wandert und dort ... und dort ... ein paar Lichter, die sagen mir, dass es Menschen auf den Inseln giebt und Herde der Heimat.

Ein Raunen, ein tiefes, herrliches Raunen von unten herauf singt mich in Schlaf.

*

Der folgende Tag ist licht, das Meer ziemlich bewegt. Unser Dampfer steuert nach Föhr hinüber, das sich vor den andern Inseln durch einen reichlichen Baumwuchs auszeichnet. Wir fahren hart am Badestrand von Wyck vorbei, dann am Promenadenstrand, wo die Kurkapelle spielt und sich die Badegäste in bunten Kostümen ergehen; darauf stoppen wir an der Landungsbrücke. Einige Passagire von Amrum her steigen ab, einige andere kommen hinzu, tu – – – t, der Dampfer rauscht weiter.

Nun dauert es nicht mehr lange, da wird Sylt sichtbar. Erst der langgestreckte südliche Teil: Hörnum, sandig, öde, nichts als blasse Dünen. Dann das grossflächige Mittelstück und sein grüner Saum, und der Leuchtturm beim Dorfe Kämpen, und die alte Mühle bei Munkmarsch. Munkmarsch, der Hafen von Sylt, ist unser Ziel. Es ist auf der Ostküste gelegen, der Westen der Insel ist zahlreicher Klippen und der hohen Brandung wegen für landende Schiffe nicht geeignet.

Langsam treiben wir in den kleinen Hafen ein. Einige Waggons, auf schmalspurigen Schienen, warten auf uns. Sie tragen uns über die Heide fort an die westliche Küste, nach Westerland.

Der Zug hält. Wir sind da. Hôteldiener, Begrüssungen durch Bekannte, Blumensträusse, Lachen und Rufen. Ich überantworte mein Gepäck dem Diener meiner Wohnung, der auf mich wartet. Los und ledig, in molliger Stimmung, schlendere ich nach Westerland hinein.

Hurra, jetzt hab ich Dich, mein Sylt!

*

Das erste, was ich auf Sylt vorfinde, ist ein Brief von Hedda. Sie schreibt glücklich, aber voll Verlangen, denn sie sehe mich nun nicht mehr und habe Stunden, in denen sie sich mein Bild gar nicht klar vorstellen könne. Zu anderer Zeit freilich fühle sie ganz deutlich, dass ich neben ihr ginge.

»– Du musst mir so bald als möglich ein Bild von Dir schicken, damit ich wieder in Deine Augen sehen kann. Dürfte ich in diesem Augenblick Deine Hand erfassen, Joachim, was gäbe ich darum!

Denkst Du noch oft an den Abend im Wald? Je vois encore le soleil, rouge et grand, comme il se couchait derrière les sapins. J'étais si heureuse dans tes bras, heureuse comme je ne l'ai jamais été dans ma vie. Et les cloches qui sonnaient si doucement au loin, – te rappelles-tu, mon chéri? N'oublieras-tu pas ces heures où tu étais à côté de ta petite aimée? Je t'aime, je t'aime de *tout* mon coeur –

Hedda.«

*

Der Abend schwimmt auf dem Wasser, in einer goldenen Barke, und wirft Rosen ins Meer. Die Gräser an den Dünen stehen regungslos, und der Strand ist so still wie er niemals war. Hier sollte jetzt eine fromme Sage wandern, mit weisser Stirne und Augen, die aus blühenden Träumen schauen, und sollte mich sacht bei den Händen nehmen und südwärts führen, wo der Himmel voll lieblicher Wolken ist. Der Abend schwimmt auf dem Wasser, in einer goldenen Barke, und wirft Rosen ins Meer …

*

Der Westerländer Strand gewährt ein buntes, immer belebtes Bild. Er ist sehr breit und von hohen, zerklüfteten Dünen begrenzt, die sich nach der Innenseite der Insel sanft, wie grüne Matten, niedersenken. Auf der Seeseite sind sie kahl, der Flugsand steil an ihnen emporgeweht.

Zu ihren Füssen zieht sich ein erhöhter Bretterweg am Strande entlang, von einem Kilometer Ausdehnung etwa, die sogenannte Wandelbahn. Sie ist von einem Geländer eingefasst und in bestimmten Zwischenräumen mit Bänken bedacht, die zum Ruhen einladen. Neben der Wandelbahn hin zieht sich, dicht an die Dünen geklemmt, eine Anzahl gleichfalls aus Holz konstruirter Restaurationshallen, mit Veranden, die Ausblick auf das Treiben des Strandes und das Meer gewähren. Mitten zwischen ihnen erhebt sich ein kleiner Pavillon, aus dem die Kurkapelle zweimal während des Tages ihre Klänge in die Ohren der sich promenirenden Badegäste entsendet. Wenn man sich jedoch ca. 50 Schritte von dem Pavillon entfernt befindet, hört man die Melodieen nicht mehr. Sie werden verschlungen von dem Winde und dem ewigen Gebrause des ewigen Meeres.

In den Strandhallen kann man jede Mahlzeit einnehmen und zu jeder Tageszeit rote Grütze mit Milch verzehren. Rote Grütze mit Milch ist das Sylter Spezialgericht, und isst man obendrein noch Friesenkuchen dazu, so wird man sich etwas syltisch-spezielleres nicht vorzustellen im stande sein.

Ich sitze auf der Veranda einer dieser Strandhallen und blicke auf das rege Leben unter mir nieder. Der ganze Strand ist voll flatternder Fahnen, welche die Kinder auf die Wälle ihrer Burgen gepflanzt haben. Alle Kinder schaufeln sich aus dem Sande kleinere und grössere Burgen auf, die gegen die steigende Flut zu verteidigen eine ihrer Hauptvergnügungen bildet.

Die Burgen tragen allerhand Namen, die auf den Fahnen prangen. »Zum gemütlichen Mauseloch«, »Sanatorium für Herzkranke«, »Hohenzollern«, »Grete«, »Zum Tatergreis«, »Die Herren Referendare«.

Die Fahnen zeigen die Farben aller Länder der Welt. Es sind auch ziemlich alle Nationen unter den Badegästen vertreten.

Neben den Deutschen nehmen die Ungarn, Czechen und Nordländer die erste Stelle ein. – Auch naive Erwachsene sind beim Aufschaufeln der Burgwälle beschäftigt. Manche entwickeln einen Eifer dabei, der äusserst belustigend wirkt.

Jener alte Herr im grauen Haar dort merkt es kaum, wie ihm die Wellen zwischen den Füssen fortschiessen, so tätig ist er. Der untere Teil seiner Kleidung ist schon ganz durchnässt. Aber er ist gewillt, seine Veste bis zum Äussersten gegen das Wasser zu verteidigen. Er tut als gälte es das Wohl des Vaterlandes.

Die Kinder laufen vielfach barfuss, mitunter jauchzen sie laut auf, wenn ihnen die Wellen bis zum Leib emporspülen. Manche suchen Muscheln, Seetang, bunte Steine. Andere werfen den Möven, die über ihnen durch die helle Luft kreuzen, Semmelbrocken zu. Diese werden von den fliegenden Tieren meist geschickt aufgefangen. Zuweilen entspinnt sich ein Kampf in der Luft um einen besonders fetten Bissen. So schön diese Vögel sind, so neidisch sind sie.

Ja, was sind diese Vögel schön. Sie haben breite, dicke Flügel, unten schneeweiss, während die obere Fläche eine matte, unendlich feine, silbergraue Tönung trägt, von einem weissen Rande eingefasst. Die Spitzen der Fittiche tiefschwarz, die Schnäbel orangefarben, wie die zarten Füsse, die Augen von einem klugen Blau. Ihr Flug geht in weichen, schönen Linien, sie hasten selten. Ist das Wasser still, so schaukeln sie draussen auf hoher See, bei bewegtem Wasser siehst Du sie äugend sich am Strande auf und nieder wiegen. Ihre Nester sind in den Dünen versteckt, aber nicht in der Nähe von Westerland, sondern im Norden auf der Halbinsel List und südlich in der zerklüfteten Dünenwelt Hörnums.

Aus den zahlreichen Strandkörben klingt Geplauder und Lachen. Viele Herren sitzen dicht am Wasser auf Holzschemeln.

Sie machen sich ein Vergnügen daraus, die sich zerteilenden Wellen der Brandung unter sich fortschiessen zu lassen. Sie heben dann jedesmal lachend die Beine empor, was sich unglaublich drollig ausnimmt, besonders in den Augen des weiblichen Geschlechtes, das zuschaut. Die Schemel sinken dabei tiefer und tiefer in den feuchten Sand ein. Endlich so tief, dass die Herren flüchten müssen, wobei sie zuguterletzt von dem zischenden Wasser einen Denkzettel bekommen.

Einige rücken mit ihren Stühlen auf die Buhnen hinaus. Buhnen nennt man jene Steinbollwerke, die zum Schutze des Strandes in die See hinein gebaut sind. Massive Dämme, ein paar Meter breit, zwanzig Meter lang etwa. An ihnen brechen sich die Wellen besonders stark und schön. An ihnen saugen sich mit Vorliebe die Seesterne fest, bis sie von Kindern gefunden und heimgetragen werden.

*

Ich liege auf dem Strande, die Hände unter dem Kopf, und schaue in den leuchtenden Himmel auf. Vor mir rauscht die Brandung. Vom Pavillon der Kurkapelle verirren sich einzelne Accorde herunter, einmal ein ganzes zusammenhängendes Stück der Melodie. Hin und wieder ein Lachen aus einem nahen Strandkorb.

Wenn jetzt Hedda neben mir läge. Wenn ich jetzt ihre Hand in meiner hielte und wüsste, dass sie mit denselben Wünschen wie ich in den Himmel sähe. Wenn ich leise ihren Namen in ihr Ohr sagen dürfte und hörte von ihrem Munde den meinigen. Sonst wollten wir still sein, nur dem Bewusstsein des Beieinanderseins hingegeben.

Aber ich bin allein. Warum? Warum?

Ich richte mich auf und zeichne in Gedanken Heddas Namen in den Sand. Gross und sorgsam, mit deutlichen Lettern:

HEDDA

Die nahende Flut wird es verlöschen.

*

Ich wohne in der Villa Bellevue. Von meinem Fenster aus sehe ich fern über die Dünen fort einen feinen Strich des Meeres. Das Rauschen der Brandung wiegt mich des Abends in Schlaf, und morgens ist es das erste, was meine Sinne vernehmen. Die Mahlzeiten nehme ich im Appartement meiner liebenswürdigen Wirtin ein, mit einigen anderen Bewohnern der Villa zusammen. Neben mir sitzt Rut.

Rut ist ein Berliner Backfisch, ein entzückender kleiner Strolch. Sie spricht viel und isst unerhört viel rote Grütze. Appetit hat sie immer. Jeden Morgen frage ich: »Rut, was giebt es heut in Bellevue zu Mittag?« Und jedesmal betet sie mir den Speisezettel her. Sie stöbert überall herum. Sie guckt in alle Töpfe. Sie kennt jedes Dienstmädchen der Strandstrasse mit Namen und steht mit jeder auf Duzfuss. Wenn ich auf der Wandelbahn spaziren gehe, hängt sich plötzlich ein leichter Arm in den meinen, und eine frische Stimme sagt:

»Guten Morgen, Herr B. Kommen Sie bitte mit in unsere Burg; helfen Sie mir schippen.«

Was soll ich tun? Ich gehe mit ›schippen‹. Wir schreiten langsam die Wandelbahn entlang, und Rut beginnt mir von Mariechen Köhler zu erzählen, einer alten Jungfer, die ihre Freundin ist, in der Strandstrasse Honigkuchen und andere

Näschereien verkauft und Gedichte macht. Die letzteren schickt sie an den Kaiser und an Carmen Sylva. Rut fragt mich:

»Haben Sie sich schon einmal von Mariechen Köhler ein Gedicht vorlesen lassen?«

»Nein, Rut.«

»Haben Sie sich schon einmal eine Nougat-Stange bei Mariechen Köhler gekauft? Sie kostet 10 Pf.«

»Nein, Rut.«

»Doch, ich weiss es genau, sie kostet 10 Pf.«

»Ich meine, dass ich mir noch keine Nougat-Stange bei Mariechen Köhler gekauft habe.«

»Wollen Sie mir eine Nougat-Stange kaufen?«

»Mit Vergnügen.«

»Dann gehen wir zusammen, ja? Dann lassen wir uns zusammen ein Gedicht vorlesen. Wollen Sie?«

»Famos, Rut, das werden wir tun. Wie wäre es heut nach Tisch?«

»Fein!« –

So schlendern wir dahin, die Wandelbahn haben wir verlassen, dicht zu unseren Füssen lecken die grünen Wellen den Strand hinauf. Die Sonne liegt auf dem Wasser, das ziemlich bewegt ist. Es weht ein scharfer, überaus angenehmer Wind aus Westen. Ein paar Möven schreien über uns; andere schaukeln sich auf dem Wasser, verschwinden in den Wogentälern und steigen auf einem smaragdenen Hügel wieder empor. Weisse, lachende Flecken. Ehe die Welle sich überschlägt, auf der sie sitzen, entfliehen sie rechtzeitig in die Luft. Sie kreisen einen Augenblick, dann sinken sie von neuem auf das ewig wogende Bett.

Die Steinbuhnen entlang sitzen Leute auf Holzschemeln und Faullenzern. Kinder mit nackten Füssen suchen schreiend nach Seesternen am Rande der Bollwerke. Die Wellen schiessen klatschend über die Spitzen der Buhnen hin. Die Leute, welche vorn sitzen, retiriren. Ein alter Herr bekommt einen tüchtigen Spritzer. Er flieht, rutscht dabei auf dem glatten, von Algen bewachsenen Felsblock aus und schlägt hin, während seine Mütze in die See rollt. Er vermag sich nicht zu erheben. Ich lasse Rut los, die einen Schrei ausstösst, und eile herzu. Einige andere Leute sind schnell bei der Hand. Wir heben den alten Herrn mühsam auf, er giebt Zeichen heftigen Schmerzes von sich. Wir tragen ihn in eine der Restaurationshallen. Es läuft jemand zum Arzt. Rut bringt mit blassem Gesicht die Strandmütze herbei, die sie aufgefischt hat. Der Arzt erscheint. Der alte Herr hat den Fuss gebrochen. Man legt ihm einen Verband an und schafft ihn ins Hôtel.

Rut und ich schlendern weiter. Die Kleine kann sich gar nicht beruhigen und spricht nur von dem Unglücksfall. Sie sagt:

»Ich werde nie mehr auf die Buhnen gehen. Es kann auch gar zu leicht etwas passiren. Sie sind so glatt.«

»Man kann auch auf dem Strande fallen und den Fuss brechen.«

»Aber nicht so leicht.«

Du hast Recht, Rut. Aber ich weiss, dass Du morgen wieder auf den Buhnen herumspringen wirst wie immer. –

Wir haben Ruts Burg erreicht. Sie ist durch eine weisse Fahne mit der Aufschrift »Berolina« gekennzeichnet. Ruts Tante und Ruts ältere Schwester liegen darin und lesen; jede einen Band aus der Engelhornschen Romanbibliothek. Ich begrüsse die Damen. Ruts Schwester sagt zu mir:

»Haben Sie nicht ein nettes Buch für mich? Meins ist so entsetzlich langweilig. Haben Sie nichts von der Eschstruth? Ich lese die Eschstruth so gerne.«

»Ja«, sage ich »die Eschstruth ist gross.«

»Nicht wahr? Es freut mich, dass Sie das auch finden.«

»Sie ist eine Vollblutdichterin.«

»Ja, süss. Haben Sie nichts von ihr? In der Leihbibliothek ist Alles von ihr vergriffen.«

»Das ist erklärlich. Ich habe leider gar nichts von ihr da, gnädiges Fräulein, zu Haus besitze ich ihre sämtlichen Werke. Aber ich will Ihnen gern etwas anderes leihen. Kennen Sie Paul Scheerbart?«

»Nein.«

»Er hat ein Buch geschrieben, das heisst ›Ich liebe Dich‹. Ich bringe es Ihnen heut Nachmittag.«

Rut ruft ausserhalb der Berolina:

»Kommen Sie doch, Herr B.! Sie sind langweilig. Nehmen Sie diese Schippe und helfen Sie mir.«

Ich lasse die lesenden Damen in der Berolina allein und begebe mich zu Rut hinaus, die schon tüchtig beim Schaufeln ist. Sie bewirft den nach der See zugekehrten Wall der Burg mit Sand. Die Wellen schlagen immer näher heran. Es liegt Gefahr vor, dass sie die Berolina zerstören werden. Ich nehme eine ›Schippe‹, wie Rut sagt, und nun arbeiten wir tüchtig darauf los. Jetzt schiesst uns die erste Welle zwischen den Füssen hin. Ruts Kleider sind unten genässt, ebenso meine Hosen. Wir schaufeln verzweifelt weiter. Die Flut rückt näher, näher. Endlich müssen wir hinauf auf den Wall flüchten. Da stehen wir nun tatlos und schauen zu, wie die Wogen heranfluten und vor uns an der Arbeit unserer Hände zerbrechen. Hinter uns unten in der Burg liegen noch immer die Engelhorn lesenden Damen. Rut und ich lugen aufs Meer hinaus, beobachten schweigend die lichtüberglänzten, glasigen, sich mit Wucht überschlagenden Wellen, beobachten den Gischt, der in den Sand einsickert, und lassen uns tüchtig vom Winde anblasen. Ruts Kleider knattern in der

Luft. Ich muss die Hand an die Strandmütze legen, dass sie nicht fortfliegt. Unsere Gesichter sind gerötet und nass von den feinen Tropfenperlen, die aus den zerschäumenden Wellen durch die Luft spritzen. Plötzlich fragt Rut:

»Wissen Sie, Herr B., wo der lahme Schneidergeselle her ist, der neben unserer Wohnung im Keller arbeitet? Er ist aus Kopenhagen, er hat es mir heut morgen erzählt.«

Ich muss laut lachen. Rut guckt mich überrascht an:

»Glauben Sie es mir nicht? Sie können es mir ruhig glauben, er ist aus Kopenhagen.«

»Ich glaube es ja, Kleine. Warum sollte er nicht aus Kopenhagen sein? Aber sieh – –«

Klatsch. Eine riesige Welle kommt, ohne dass wir es vorher ahnen konnten, den Wall der Burg emporgefahren und schlägt über ihn fort. Ruts Schwester und Tante sind pudelnass. Sie springen auf und juchen. Sie raffen Ihre Bücher und Plaids zusammen und fliehen aus der Burg, weiter den Dünen zu. Rut und ich triefen ebenfalls, aber wir halten auf dem Wall noch stand. Endlich geht es nicht länger. Die Tante ruft:

»Rut! Rut! – Herr B., um Gottes Willen, schicken Sie mir die Rut! Sie ist ja schon ganz durch! Ich bekomme ja die Kleider nie wieder rein, das Seewasser macht ja doch Flecke!«

Rut guckt mich mit einem Mäulchen von der Seite an:

»Wollen wir gehen oder wollen wir bleiben?«

»Wir wollen lieber gehen, die Tante wird sonst böse.«

Rut zieht die Fahne aus dem Wall. Indem sie sie schwingt, springt sie lachend den Burgwall entlang. Noch einmal kommt eine Woge über uns. Rut stösst einen Seufzer aus und schüttelt sich die Tropfen vom Kleide. Dann stehen wir neben Tante und Schwester und sehen zu, wie die Berolina langsam ein Raub des

Wassers wird. Rut hat sich in meinen Arm gehängt. Sie lässt die leise Moralpredigt der Tante geduldig über sich ergehen.

Nach einer Weile verabschiede ich mich, um mich in die Lesehalle zu begeben. Zuvor erinnert mich Ruts Schwester noch einmal daran, das versprochene Buch ›Ich liebe Dich‹ von Paul Scheerbart nicht zu vergessen. Ich beteuere, dass ich es nicht vergessen werde. Rut nimmt mir das Versprechen ab, morgen früh die Burg wieder aufzuschaufeln. Auch das sage ich zu. Dann begebe ich mich in die Lesehalle, um in einige Zeitungen Einsicht zu nehmen. - - - - -

Nach Tisch bin ich mit Rut bei Mariechen Köhler gewesen. Rut ist ihr Liebling, denn Rut ist die Enkelin von Franz Wallner, und dieser wollte Mariechen Köhler einmal zu einer grossen Tragödin machen, er hat es freilich wieder aufgegeben. Mariechen hat noch heute Fühlung mit einer Anzahl berliner darstellender Künstler. Mit Buls steht sie auf freundschaftlichem Fuss, sie kennt Sommerstorff und kannte Krolop, und bei Hermann Sudermann hat sie Besuch gemacht.

Zunächst kaufe ich für Rut und mich je eine Nougat-Stange. Dann bitte ich sie, mir etwas von ihren Dichtungen vorzulesen. Aber sie hat keine Zeit. Fortwährend kommen Leute, die Honigkuchen kaufen, Stachelbeeren, Johannisbeeren, Kirschen. Ich bitte sie, mir etwas von ihren Werken mitzugeben. Sie weigert sich. Früher habe sie das getan, jetzt täte sie es nicht mehr. »Weshalb nicht?« frage ich. Sie habe ihre Gründe. Damit muss ich mich beruhigen und frage weiter, was sie denn schon alles geschrieben habe? Ein Drama: »Der Kaiser hat den Brief gelesen«, eine Oper: »Die Hamburger Engros-Lager« und vor allem sehr viel Gedichte. In all diesen Werken spiele sie selbst eine Rolle, entweder als ›der Rekrut‹ oder als ›das olle Marieken‹. Ihre Specialitäten seien politische Sachen und Widmungen an grosse Personen. Dieses fand ich besonders löblich. Sie freute sich darüber und hielt mir einen Vortrag über das Beamtenwesen, über Kaiser Wilhelm II., über die Kapitalisten, über die ›kleinen Leute‹, über die Sozialdemokratie. Die letztere müsse man bekämpfen ›mit Vernunft und Liebe‹, dies ist eine ihrer Hauptbestrebungen. Sie hat sich einmal mit Singer ausführlich darüber unterhalten.

Rut und ich knabbern jeder an einer Nougat-Stange. Einmal frage ich Mariechen, ob auch schon etwas von ihr im Druck erschienen sei. »Nein«, sagt sie, »doch wird Hermann Sudermann demnächst mit der Herausgabe eines Bandes meiner Gedichte den Anfang machen.«

Das ist Mariechen Köhler. Im Winter zieht sie mit Christiansfelder Honigkuchen auf den schleswig-holsteinischen Jahrmärkten herum. Im Sommer verdient sie sich ihr Brot auf Sylt. Wo sie aber auch immer sein mag: sie schreibt Briefe an den deutschen Kaiser und schmiedet Gedichte. Und ist glücklich dabei. Olles Mariechen, ich beneide Dich.

Die lachende Rut am Arme schreite ich nachdenkend dem Strande zu.

*

Hedda schreibt rührend oft, und ihre Briefe sind wunderbar. Sie ist eine Dichterin und weiss es nicht. Sie schreibt lauter lyrische Gedichte an mich, so wie ein unbewusst dichtendes Kind, und doch wieder wie eine denkende Weise. Sie schreibt halb deutsch, halb französisch, bunt durcheinander, wie es die Empfindung ihr gerade eingiebt. Mitunter legt sie kleine, abgerissene Zettel bei, auf denen noch ein paar verstreute Liebesworte stehen.

Und Heddas Schrift. Ja, Heddas Schrift ist eigentlich gar keine Schrift. Hedda schreibt die Lettern nicht, sondern sie zeichnet sie. Wie sie sie zeichnet, – ich kann es nicht schildern. Dies aber steht fest, dass ich in meinem Leben niemals eine so sagenhafte Schrift gesehen habe, und dass ich diese Schrift liebe und heilig halte und jede Rune und jedes Pünktchen in ihr.

Ein Brief von Heddas Hand erscheint nicht wie ein Brief, sondern wie ein seltsames Bild zu einem lieblichen Märchen.

*

Nun sind die Gestirne alle herauf gekommen. Das Meer raunt leise, so leise, und die Dünen liegen da wie erblichene Träume aus einer alten Zeit. Ich sitze, von einem Plaid umhüllt, auf einem Strandstuhl und lausche hinaus und denke dabei an ein Paar abendstille Augen, die so weit sind von hier.

Da wandeln langsam zwei junge Menschen an mir vorüber. Er hat den Arm um sie gelegt, sie sprechen kein Wort und sehen zum Himmel und seinen glänzenden Lichtern auf.

O, Du liebender Freund, hätte ich es auch so gut wie Du.

*

Gestern Nachmittag hatte ich Ruts Schwester versprochenermassen Paul Scheerbarts Buch ›Ich liebe Dich‹ mitgebracht. Als ich heut in die Berolina kam, war das erste, dass ich zwei sittlich entrüstete Augen auf mich gerichtet sah; die Augen von Ruts Schwester. Zu gleicher Zeit streckte sie mir das Werk Paul Scheerbarts entgegen.

»Hier haben Sie das geliehene Buch zurück. Ich werde mir in Zukunft keine Bücher mehr von Ihnen leihen.«

»Hat es Ihnen nicht behagt, gnädiges Fräulein?« frage ich.

Sie entgegnet mir mit einer andern Frage: »Haben sie das Buch bereits gelesen?«

»Allerdings.«

»Dann ist es doppelt unverantwortlich, dass Sie es mir geliehen haben.«

»Aber warum?«

»Weil es ein unverschämtes Buch ist.«

»Das finde ich auch.«

»Wie?«

»Das Buch ist unverschämt.«

»Trotzdem haben Sie es mir gegeben?«

»Ja. – Sehen Sie, gnädiges Fräulein, die Dinge liegen so. Ich habe die Erfahrung gemacht, dass alles das, was mir persönlich gefällt, immer entweder der Kritik oder dem Publikum nicht gefällt. Ich liebe Frau von Eschstruth (ich meine ihre Werke, wir sprachen schon davon) und die Kritik verpöhnt sie. Ich hasse Hauptmann, weil er unsittlich ist, und die Kritik verhimmelt ihn. Ich liebe Peter Hille, den Unendlichen, und das Publikum kennt ihn nicht. Ich hasse Sudermann, und das Publikum betet ihn an.

Was soll ich nun tun? Ich weiss nicht mehr, woran ich bin. Ich habe mir deshalb zum Princip gemacht, den Anderen immer das zu empfehlen, was ich selbst nicht für empfehlenswert halte. Lesen Sie Zola, Theodor Fontane, Storm, die Marlitt. Enthalten Sie sich Peter Altenbergs. Das ist Alles, was ich Ihnen raten kann.«

»Peter Altenberg kenne ich nicht.«

»Er ist jener, von dem es heisst: Aber wer durch das Reich der blutigen Gründe zu singen vermag, wird unser König sein.«

»Jetzt verstehe ich Sie nicht mehr.«

»Das ist sehr gut.«

Wir sehen uns eine Weile starr an. Es wird schwül, beängstigend schwül. Dann verzehren wir schweigend jeder ein hartgekochtes Ei, das uns die Tante zum Frühstück mitgebracht hat.

*

Als eines der schönsten mir bekannten Worte habe ich immer das alte: Sperate, miseri; timete, felices! empfunden. Wenn ich mich frage, aus welchem Grunde, so weiss ich keine andere Antwort als diese: weil es alle Menschen das Gute fühlen lehrt, das sie besitzen. Die Unglücklichen mahnt es an ihren goldensten Besitz: die Hoffnung. Die Glücklichen aber nennt es – »Glückliche«.

*

Man kann sich, glaube ich, nichts leichter suggeriren als die Synopsie. Vorzüglich fantastische und künstlerisch angelegte Menschen mögen sich leicht in sie hineinleben, und zwar besonders bei der Auslösung musikalischer Gefühle. Im Allgemeinen will es mir vorkommen, dass mit keiner psychologischen Erscheinung so viel Unfug getrieben wird wie mit der Synopsie.

*

Jede Leidenschaft stellt sich entweder als eine Tugend oder eine Untugend dar, die infolge einer starken sinnlichen Regung, von der wir uns besiegen lassen, ungebührlich übertrieben wird. Leidenschaft ist darum Schwäche.

*

Sind das nicht menschliche Stimmen, die über die Wellen kommen? Von wem gehen diese sonderbaren Klänge aus? Es ist als lache jemand; jetzt ruft man; nun wieder ist es wie ein Flüstern. Macht es der Nebel, der da drüben lagert, oder ist es der Wind, der in der Brandung liegt? Bei Tage habe ich niemals so menschliche Töne aus dem Meere vernommen; die Schleier der Dämmerung haben sie mitgebracht; es werden die Stimmen der Dämmerung sein.

*

Das war ein wundervoller Abend, an dem uns Hedda die spanischen Lieder sang. Wir sassen auf niedrigen Sesseln und weichen Fauteuils umher; von der Mitte der Decke hing eine rote Ampel in den Salon und verbreitete ein heimeliges Dämmerlicht. Sonst brannten nur noch die beiden Kerzen am Klavier, wo Hedda sass. Ich sehe noch so deutlich die Silhouette ihres schlanken, lieblichen Körpers; die feinen Ärmchen, den zarten Hals. Über die Ohren hin fiel ihr einiges lose, ungeordnete Haar, durch das der Glanz der Kerzen schien, so dass man glauben musste, dass es goldene Fäden seien.

So sass meine Hedda, ein Märchenkind im Dämmerschein, und spielte mit leisen Fingern und sang dazu. Man hörte keinen Atem gehen, sie sahen Alle zu ihr hinüber, in unbekanntem Bann, wie zu einem holden Bilde der Schönheit, das einem das Leben nur einmal schenkt. Sie lauschten mit einer Andacht wie im Gebet auf diese weichen, schwebenden Töne, die klangen, als ob sie aus einem fernen, mondbeschienenen Lande kämen, und vergassen sich und Alles dabei:

Dos besos tengo en el alma
Que no se apartan de mi:
El último de mi madre
Y el primero que te di ...

Cien años después de muerto
Y por gusanos comido
Habrás de hallar en mis huesos
Señal de haberte querido ...

O wie diese Laute voll Zauber sind – und wie sie verklingen: als bräche das Herz, als stürben die Blüten des Frühlings dabei.

Darauf sangest du die sapphische Ode von Brahms, diese ruhigen Klänge der heiligsten Liebe. O hätte ich aufstehen dürfen und über die weichen Teppiche zu Dir hinübergehen, um Dir das Haupt zurückzubiegen und Deine Lippen zu küssen. Doch ich musste bleiben und durfte nicht mehr Anteil haben an Dir und Deinen Liedern als alle die Andern umher. Aber im Geheimen war mir doch, als ob ich einen unendlich reicheren Anteil hätte.

Als ich Dir später sagte, wie sehr mich jene Lieder ergriffen hätten, entgegnetest Du:

»Weisst Du auch, mein Geliebter, dass ich sie niemals so gut gesungen habe wie an jenem Abend? Weil Du da warst. Ich habe sie nur für Dich gesungen, mein Joachim.«

*

Heut las ich in den Dünen das vor nicht langer Zeit erschienene Versbuch *Neue Fahrt* von Gustav Falke, ein Buch von bedeutendem künstlerischen Wert, wie mir scheint. Die überaus plastische

Sprache darin hat mich entzückt; ich kenne keinen lebenden Lyriker, der Falke darin gleich käme. Alles in dem Buch wandelt sich uns zu Vorstellungen um. Abstrakte Begriffe, die dem Dichter besonders lieb sind, pflegt er in Gestalten zu bringen, die ein prächtiges Leben haben. Seine Lieblinge sind: der jugendliche Flötenspieler, um dessen blasse Wangen ein wirres Blondgelock sich rahmt, und der heitere Lieder spielt, zu denen seine ernsten Augen nicht passen wollen. Und seine Majestät der Tod, der dem Dichter von seinem Rabenrösslein herab die harten Hände bietet. – Das Grotesk-Fantastische, auch Grotesk-Humoristische spielt eine Rolle in dem Buch, meist in mutwillig vernachlässigter Form.

> Heute Nacht träumte mir, ich hielt
> Den Mond in der Hand,
> Wie eine grosse, gelbe Kegelkugel,
> Und schob ihn ins Land,
> Als galt es alle Neune.
> Er warf einen Wald um, eine alte Scheune,
> Zwei Kirchen mitsamt den Küstern, o weh,
> Und rollte in die See.

Reich ist das Buch an tief erschauten Naturbildern. Und zwar sind es keine Landschaften in erhabenem Sinn, sondern Miniaturbilder von irgend einem aparten Reiz, der dem Dichter zum Erlebnis geworden ist. – Die Liebe weiss Falke in reifen Tönen zu besingen, seine Liebesgedichte sind still und zart, seine Liebe braust nicht, sondern schiesst lächelnde Perlen. – Mir ist als sei die Poesie dieses Dichters eine milde Höhe, die den Blick eröffnet in ein rosenblühendes Land, in dem weissschimmernde Paläste mit Guirlanden-geschmückten Säulen ragen, ein Land, in dem die Menschen in Frieden wandeln, und in dem eine Harmonie lebt in Klängen und Farben.

Ja, ich habe mich an dem Buche erfreut. Aber zugleich erging es mir doch wieder so, wie noch immer, wenn ich ein lyrisches Buch gelesen habe. Es drängte sich mir auch diesmal wieder die Empfindung auf, dass alle diese schönen, zu Kunst gewordenen Gedichte doch eigentlich nichts bedeuten wollen gegenüber jenen tiefsten Gedichten, die von den Menschen nur gefühlt und niemals niedergeschrieben werden. Ich liebe die Gedichte, die ich selbst empfinde, die Gedichte, die ich ein schönes Mädchen oder einen Freund empfinden sehe, in einem Blick, in einem Kuss, in einer Bewegung, beim Klang eines Liedes, in dem Ton eines Wortes. Diese Gedichte sind ganz ursprünglich und ganz naiv. Die niedergeschriebenen büssen von ihrem ursprünglichen Gehalt doch ohne Ausnahme Unendliches ein. Wenn sie nicht gar lügen.

*

An Hedda

Cuando yo me esté muriendo
Siéntate a mi cabecera
Y fija en mi tu mirada,
Que puede ser que no muera.

Malagueña.

*

Die Becassine da, die über die Düne fliegt, ruft so mit harter Stimme, das kann nicht Freude sein. Sind ihre Kinder ihr heut entflogen, oder hat ihr der Sturm der vergangenen Nacht das Nest zerstört, oder verlangt es sie schon nach dem Süden hinab, wo sie in den Gärten die funkelnden Rosen und an den Bäumen goldene Früchte sah? Wer kann es wissen, welche Schmerzen sie hat, aber sie ist nicht fröhlich, denn ihre Stimme klingt hart und verängstet, und der Flug ihrer Flügel ist zagend, das kann nicht Freude sein.

*

Ich liege am Strande und blicke zu den Dünen empor. Sie sind grell von der Sonne beschienen und blenden das Auge. Nichts als goldweisser Sand, nur vereinzelt ein Büschel magerer Binsen. Oben am Rande das grüne, wogende Gras. Darüber ein lichtblauer Himmel.

Hinter mir singt das Meer. Ich höre ihm aufmerksam zu und suche mir im Geiste aus dem Tonfall der Brandung heraus das Bild der einzelnen Wellen zu gestalten. Wenn ein leichtes, zischendes Geräusch hörbar wird, weiss ich, dass eine Welle sich zerteilend flach und weit über den Strand hinschiesst. Meist ertönt zu gleicher Zeit der Juchzer eines Kindes, das von dem Wasser überrascht ist, oder ein Lachen oder ein Zuruf.

Einige Schritte seitwärts steht ein Strandkorb, darin sitzt ein blutjunges Brautpaar. Sie halten sich fest umschlungen, sie merken von der Welt nichts, sie kennen nur sich, sie fühlen nur sich, sie sind selig. Sie stammeln abgerissene Worte, die mir der Wind zuträgt. Süsse, dumme, unglaublich dumme Worte, die doch so weise sind, und die nur Liebende erfinden können. Dann wieder langes Schweigen. Sie küssen sich.

Das halte aus, wer kann! Ich springe auf, werfe den Plaid über die Schulter und klimme schnurstracks die Dünen hinan.

Nach Süden zu wandere ich, vom Westwind umpfiffen. Bergauf, bergab, durch weisse, stille Sandkessel, in denen ich ganz von der Welt abgeschnitten bin; wo ich nichts als den Himmel über mir sehe und das nahe Meer nur durch sein Brausen ahnen kann. Ich wandere durch Schluchten, die einen Blick auf das sonnenbeschienene Wasser gewähren, über das sich ein feiner Sonnendunst gebreitet hat; über Höhen, die einen weiten Blick auf die Heide bieten, bis zur Ostküste hin, auf der sich die einsame, helle Kirche von Keitum erhebt mit ihrem Giebeldach. Ich blicke weiter hinaus, über die Watten. Auf ihnen unterscheidet mein Auge ein paar weisser Segel.

Einmal sehe ich unten am Strande einen grauen Vogel rennen, mit Windesschnelle. Er verschwindet lautlos in einer Dünenkluft, wo er sein Nest hat. Ein Strandläufer.

Ein andermal mache ich plötzlich halt, da mich seltsame Klänge treffen. Der Wind trägt sie aus der Senkung einer Düne herauf. Ein monotones Lied, von einer schönen, tiefen Kinderstimme gesungen. Den Text kann ich nicht unterscheiden, es ist die Sprache der Sylter, an scharfen S-Lauten reich. Die Melodie ist langsam, klagend, Laute, die nach der Heimat verlangen. Langsam schreite ich näher und lausche. Noch kann ich den kleinen Sänger nicht erblicken. Endlich trete ich an den Rand der Senkung. Unten sitzt ein Mädchen über eine Arbeit gebeugt. Es ist die Sängerin. Sie sieht mich nicht und singt ruhig weiter.

Ich schreite hinab zu ihr. Sie hebt das Haupt und bricht das Lied schnell ab. Sie sieht mich aus grossen, erschreckten Augen an, lässt sich aber in ihrer Arbeit nicht stören. Ich trete zu ihr. Sie flicht ein kleines Körbchen aus Binsen, neben ihr liegen lila Wicken, die sie zwischen den Dünen gesammelt hat. Ich frage nach ihrem Namen. Tina Nordlefsen heisst sie. Sie ist acht Jahre alt, ihr Vater auf hoher See; das letzte mal hat er aus Ostindien geschrieben. Weihnachten wird er bestimmt zurück sein und ihr einen persischen Shawl mitbringen, das hat er ihr versprochen. Ich drücke Tina die Hand und bitte sie weiter zu singen. Sie lächelt, sie schämt sich, und ich quäle sie nicht weiter. Aber indem ich mich nach der andern Seite hin entferne und dort die Höhe emporsteige, hebt sie das Lied wieder an. Ich wende mich noch einmal zurück und winke ihr mit der Hand einen letzten Gruss. Auch sie erhebt ihr Händchen. Ich ziehe über die Dünen weiter und höre nun wieder die Brandung zu meinen Füssen, die Stösse des Windes und das Flüstern der Gräser und Binsen. –

Die Sonne sinkt tiefer. Ich steige auf die Heide hinab und wandere langsam nach Westerland zurück. Die Erika blüht noch nicht, aber sie hat schon kleine lila Knospen. Angepflöckte Schafe gucken mich blödsinnig an. Ein paar Kühe stossen ein tiefes Brüllen aus und richten gleichfalls ihre stieren, glotzenden Augen auf mich als ob ich ein Rätsel wäre. Sie kauen träge wieder, aus den Ecken ihrer Mäuler trieft Speichel. Hinter dem Dorfe Tinnum, das rechts seitwärts liegt, dreht eine uralte Holländer Mühle langsam, langsam ihre verwitterten Flügel. Für wieviel Geschlechter mahlt sie schon?

In Westerland schlägt die Turmuhr. Die Dämmerung ist da. Ganz fern höre ich einen Hund anschlagen. Und das ewige, dumpfe Raunen des Meeres ist auch hier.

– – – – – –

Ehe ich Westerland betrete, suche ich noch den Friedhof der Heimatlosen auf, der hier am Wege liegt. Ein kleines Quadrat Land mitten auf der Heide, von einem niedrigen Wall aus Rasenstücken und Steinen umgeben. Ein trostloser Flecken Erde, das Gestade der Verlassenheit, das Gestade der Heimat zugleich. Hier ruhen die Namenlosen, die das Meer auf den Strand geworfen, nachdem es sie vorher mit todbringenden Armen verschlungen, Männer und Weiber und Kinder. Wer sind sie? Was war ihre Sehnsucht? Wo kamen sie her?

Aus den Wogen des Meeres.

49 Hügel liegen aneinandergereiht, 49 grausame, schmucklose Hügel, unter denen 49 tote Menschen und unendliche tote Wünsche und Hoffnungen schlafen. Auf jedem Grabe steht ein schwarzes Kreuz aus Holz, das mit gelber Farbe die Nummer trägt. Das ist Alles.

Ich schreite hinauf und hinab, und mein Auge strebt einzudringen in jedes einzelne Grab und den zu erkennen, den es verbirgt. Aber die Gräber sind geschlossen auf ewig. Ich sehe zum Himmel, der auf die Stätte niederlacht, dann schliesse ich die Augen. Ich bin müde und matt und möchte ruhen. Aber nicht hier, nicht hier.

Himmel, Leben, Erde, Tod, was wollt ihr bedeuten? Eine grosse Traurigkeit schleicht sich in mich hinein. Die Welt steigt grau und trostlos vor mir auf. Ich darf hier nicht länger bleiben. Man bekommt Gedanken hier, die nicht gut sind. Ich will heimwärts gehen.

Noch einmal schreite ich den schmalen Weg hinunter, der durch die Gräber führt. Vor Nr. 49 mache ich halt. Was sehe ich? Am Fusse des Kreuzes steht jenes kleine Körbchen aus Binsen, das Tina Nordlefsen unter Singen geflochten, und die blühenden Wicken liegen darin.

Gute Tina. Du bist ein kluges Mädchen. Du denkst Deinem Gott die Rückkehr Deines Vaters abzuschmeicheln, wenn Du diesen Toten Deine kindliche Liebe zeigst. Mag der Himmel Dir Deinen Vater wiederbringen.

– – – – – –

Carmen Sylva, die Königin von Rumänien, die verschiedene male auf Sylt geweilt hat, hat einen Granitblock auf den Friedhof der Heimatlosen gestiftet. Er trägt die Verse des verstorbenen Hofpredigers Rudolf Kögel:

Wir sind ein Volk, vom Strom der Zeit
Gespült zum Erdeneiland,
Voll Unfall und voll Herzeleid,
Bis heim uns holt der Heiland.
Das Vaterhaus ist immer nah,
Wie wechselnd auch die Lose:
Es ist das Kreuz von Golgatha
Heimat für Heimatlose.

Noch einen zweiten Denkstein enthält der Friedhof. Er erhebt sich vor dem Hügel Nr. 41. Der Name dessen, der hier ruht, ist nachträglich bekannt geworden. In den Stein ist eingegraben:

Hier ruhet in Gott
Harm Müsker
geb. 24. Aug. 1872 zu Holterfehn,
verunglückte bei der Strandung der
Gerhardine vom 2.–3. Okt. 1890.

*

Was ich lieben soll, muss ferne sein. Ich liebe den Himmel und seine Sterne. Ich liebe schimmernde Inseln, die in unbekannten Meeren liegen, und Lieder, die aus dem Blauen klingen. Wenn ich in den üppigen Blüten des Südens wandere, so liebe ich die Heide des Nordens, über die der kühle Nebel schleicht, mit doppelt gesteigertem Empfinden. Wenn mich die schwarze Nacht des Nordens umfangen hält und ihr Sturm mir das Haar zerweht, so stelle ich mir die glänzenden Nächte Andalusiens vor, mit Singen und Tanz und Guitarrenklang. Wenn ich in den heiligen Wäldern meiner Heimat liege, so ist mir zuweilen, als käme plötzlich aus der Ferne das Brausen des Meeres herüber, und es treibt mich, aufzuspringen und dem Klange entgegenzulaufen. Und wenn ich an dem grauen Strande des Meeres schreite und der Blick über die kahlen Dünen geht und über die kahle Heide, dann denke ich oft mit begehrender Liebe an den fernen Wald, des Abends, wenn die Blätter so leise rauschen und das Mondlicht wie weisse Schleier in den Zweigen hängt. Was ich lieben soll, muss ferne sein. Ich liebe goldene Täler, die unter fremdem Himmel blühen, und die Tage meiner verlorenen Kindheit. Ich liebe die Märchen und liebe den Traum. Und liebe die ferne Geliebte.

*

Mir scheint, das Glück wird von den Menschen immer zu hoch geschätzt, wenn es in der Zukunft liegt. Das gegenwärtige schätzen sie zu gering. Das vergangene aber immer doppelt zu hoch. Einen Massstab für das Glück giebt es nicht. Höchstens bei den Philistern.

*

An einem Abend nur habe ich bisher mit Hedda getanzt, in dem Hause ihrer Tante, als deren Namenstag war. Ich bekam zu dem Tage eine Einladung, von Heddas Hand mit den sonderbaren Lettern geschrieben; das war das erste mal, dass ich etwas in Händen hielt, was von ihr herkam. Ich weiss noch, wie eigentümlich es mich berührte, dass gerade sie diese Karte geschrieben hatte. Ich warf sie nicht fort, wie sonst derartige Sachen, sondern verwahrte sie in einer Briefmappe, ohne mir klar zu sein, warum. Ich holte sie im Laufe des Tages mehrmals vor und prägte mir jeden einzelnen Buchstaben ein, und schliesslich hätte ich sie aus dem Gedächtnis niederzeichnen können.

Ich kannte Hedda damals erst einige Tage, nannte sie ›Gnädiges Fräulein‹ und sie mich ›Herr B.‹. Freilich waren wir uns doch keine Fremden mehr, – denn Fremde sind wir uns eigentlich nie gewesen. Seitdem wir uns das erste mal in die Augen gesehen und die Hände gereicht und der Eine des Andern Blut gefühlt – da war die Gemeinschaft schon begründet. Noch unbewusst für Jeden, ja vielleicht nicht einmal dunkel geahnt, – aber die Gemeinschaft war da, und jener erste Händedruck enthielt im Grunde doch schon das ganze Glück, in dessen Strahlen wir heute wandern.

Bei Tisch sass Hedda neben mir. In dem weissen Kleide mit Gold, und ein schmales Armband an der linken Hand, das mit Safiren besetzt war. Wir sprachen weniger laut als die Andern um uns her, ich erinnere nicht mehr wovon, aber ich erinnere noch, dass ich nur halb bei der Sache war und verworrene Antworten gab, und einmal fragte mich Hedda auch, weshalb ich so zerstreut sei, so dass ich verlegen antworten musste, ich wüsste den Grund nicht zu sagen.

Nach dem Essen tanzte man zum Klavier. Ich setzte mich auf eine Chaiselongue, die abseits stand, und war so ungezogen, dem Treiben zuzusehen, ohne dass es mir einfiel, Hedda zum Tanz aufzufordern. Ich sah sie am Arm eines Andern dahinschweben, so leise und sanft, dass man den Rhythmus des Tanzes in ihren Bewegungen kaum mehr erkennen konnte. Es war, als berührten ihre Füsse den Boden nicht, als schwebe sie darüber hin wie eine Wolke. Dann sah ich sie eine Weile nicht mehr und schaute gedankenlos vor mich hin, halb zufrieden, halb nicht, als triebe mein Fahrzeug gerade in einen unbekannten Strom, dessen fremde Ufer mich ganz gefangen nahmen und nicht zum Denken kommen liessen.

Plötzlich rauschte ein Kleid vor mir. Es war Hedda. Ich sah auf, sie neigte sich ein wenig und forderte mich so auf, mit ihr zu tanzen. Ich hätte sie jetzt um Entschuldigung bitten sollen, dass ich meine Pflicht versäumt hatte, aber ich Tölpel tat es nicht, ich sprach kein Wort, und sie auch nicht, so schwebten wir durch den bunten Salon und hörten Einer das Herz des Andern schlagen. Dann setzten wir uns in den Kreis der andern Jugend und nahmen an dem leichten Geplauder teil. Aber ich sah oft hinüber nach Ihren blassen Wangen, und einige male begegneten sich unsere Augen.

Es war eine so seltsame, eine so keimende Stimmung zwischen uns an jenem Abend: so etwa, wie es in der Luft liegt, wenn die ersten, merkwürdig lauen Tage des Frühjahrs kommen. Ich kann diese Stimmung durchaus nicht schildern, man kann sie wohl nur erleben und empfinden. Aber sie erfasst den ganzen Menschen und kündet, glaube ich, immer das Kommen einer neuen Zukunft an, von der man nicht weiss, ob sie golden oder voll Schatten ist.

*

Eine gute Strecke nördlich von Westerland wandere ich am Strande dahin und denke an tausend Dinge. Mein Kopf ist etwas nach vorn geneigt, mein Auge ruht auf dem Sande, und plötzlich mache ich halt. Ich kann den Blick nicht von einer Stelle des Strandes vor mir wenden. Ich stehe in einem Bann, die Stelle giebt mich nicht frei, fast unbewusst starre ich unausgesetzt auf sie nieder. Die Stelle hat absolut nichts Sonderbares, aber ich kann, ich kann mich nicht von ihr trennen. Ich lenke das Auge gewaltsam aufs Meer hinaus? – immer wieder schweift es auf die Stelle zurück. Ich möchte weiter wandern? es geht nicht. Ich denke nach? was es sein könnte? ich finde keine Lösung. Ich muss bleiben. Ich steige die Düne hinan und strecke mich oben aus, wo ich den Flecken immer im Auge habe. Das Meer liegt glatt wie ein Teller und funkelt. Während die Sonne untertaucht und der silberne Klang der Brandung herauf dringt? ersinne ich dieses:

Sie waren zwei in Treue verbundene Freunde und teilten Kummer und Lust. Sie hatten eine helle Jugend, ihre Eltern waren reich, es stand ihnen Alles zu Gebote, ihr Wissen zu erweitern und durch die Erfahrung zu lernen. Sie reisten zusammen in fremden Ländern, sie studirten auf den gleichen Universitäten, sie hatten die gleichen Neigungen des Wissens und schickten sich an, zu gleicher Zeit ihre Examina zu absolviren. Orest und Pylades nannte man sie.

Eines Tages gingen sie zusammen auf die Jagd. Durch ein unseliges Versehen entlud sich die Büchse des Orest; die Kugel traf Pylades, dieser sank lautlos nieder. Orest liess die Büchse zu Boden gleiten, dann blieb er ohne Regung stehen, wie eine Bildsäule. Er sah nicht auf seinen toten Freund, der vor ihm lag, er verzog keine Miene, er sah nur in die Ferne, wo ein Brand zum Himmel schlug, und der Himmel war schwarz und die Erde war schwarz, und da hinten der Brand, der blutige Brand ....

Man brachte den Irrsinnigen in eine Anstalt, die Ärzte gaben Hoffnung auf Heilung. Geraume Zeit gelangte er nicht zum Bewusstsein des Geschehnisses. Er blieb stumm, teilnahmlos gegen Alles und magerte furchtbar ab, denn er vermochte niemals zu schlafen. Endlich, in der Zeit seiner grössten Schwäche, begann sich der Geist zu lichten. Erst ahnte, dann wusste er, was geschehen war. Nun kamen auch die Tränen. Die entsetzliche innere Erregung und Zerrüttung, der er anheim fiel, rieben seine Nerven völlig auf, er wurde aufs Krankenlager geworfen, und die überstandenen Leiden seines Geistes erschienen gering gegen die, welche sein zarter Körper zu erdulden hatte.

Aber er überwand auch sie; langsam, langsam ging es zur Besserung. Wie ein Kind wurde er gepflegt, sein ganzes Empfinden war das eines Kindes geworden. Jede Erinnerung an den Toten musste mühsam fern gehalten werden. Man durfte ihm nur von dem blühenden Leben sprechen, sonst trübten sich seine Augen, sein Mund verstummte, und das Fieber stellte sich ein.

Als er einigermassen wiederhergestellt war, so dass er wieder fremde Menschen sehen und ihre Blicke aushalten konnte, schickte man ihn nach Sylt, damit er dort neue Kräftigung fände. Er traf hier keinen Bekannten, was ihm sehr lieb war, und die Meerluft war seinen Nerven Erquickung, das fühlte er schnell. Er war meistens allein, jede nähere Bekanntschaft vermied er, und die Leute fragten einander, wer der junge Mensch sei, der so bleich ausschaue und niemals lächle und immer einsam sei.

Eines Tages entfernte er sich spazierengehend vom Westerländer Strande nach Norden hinauf. Er sah nachdenkend vor sich nieder und sog zufrieden die würzige Luft ein. Nun hob er arglos den Kopf, jäh blieb er stehen. Er erbebte bis auf die Knochen. Alles Blut strömte ihm zum Herzen, und zum zweiten mal in seinem Leben sah er in der Ferne einen Brand, der zum Himmel schlug, und der Himmel war schwarz und die Erde war schwarz, und da hinten der Brand, der blutige Brand .....

Vor ihm lag eine Leiche, die das Meer angespült hatte. Sie zog ihn zu sich, sie liess ihn nicht, er sah eine kleine Öffnung in ihrer Brust wie von einer Kugel ....

Er schlug über den feuchten Körper hin, das Blut quoll ihm aus Mund und Nase, in all seinen Gliedern .....

– – – – – –

Surrrrrrrrrr. Eine Bekassine saust hinter mir auf. Caramba, was war das für ein nichtswürdiges Bild, das ich eben dort unten am Strande hatte. Diese Stelle da, diese törichte Stelle.

Ah – ba. Ich springe auf. Ich spüre in den Augen eine Müdigkeit, – habe ich geträumt? Langsam schreite ich dem Westerländer Strande zu. Aber ich wende mich noch einige male um und spähe nach der Stelle im Sande zurück, dieser merkwürdigen Stelle, dieser unheimlichen Stelle, die der Teufel holen mag.

*

Zwei Tage später lese ich im Sylter Intelligenzblatt:

›Am Freitag wurde nördlich von Westerland am Strande eine Leiche aufgefunden, die das Meer angeschwemmt hatte. Ein junger Mensch, der sich zur Heilung hochgradiger Nervosität in Westerland aufhielt, lag ohnmächtig darüber ausgebreitet. Welcher Zusammenhang zwischen ihm und dem Toten besteht und ob es überhaupt einen solchen giebt, ist bisher nicht zu ermitteln gewesen, denn der Kranke ist noch nicht zur Besinnung zurückgekehrt.‹

Und etwas tiefer:

›Der junge Mensch, welcher am Freitag zugleich mit der angeschwemmten Leiche nördlich von Westerland aufgefunden wurde, ist ohne zur Besinnung zurückgekehrt zu sein verstorben. Sein Leichnam wird nach Berlin überführt.‹

Ich weiss genau, dass das Unheil an der Stelle geschehen ist, in deren Bann ich vorgestern jene Vorstellungen hatte.

*

Der Schaum des Meeres zergeht. Die Sehnsucht verbrennt. Die Sonne sinkt. Die Träume zerfliessen. Das Leben geht hin. Alles ist eitel.

*

Hedda, Deine Schönheit schreitet vor mir her. Auf dem Strande liegt die purpurne Sonne, ihr Glanz umfliesst Deine wandernden Glieder, Dein weisses Kleid mit den lila Blüten flattert im Winde, und Dein braunes Haar weht hin und her.

Wohin gehst Du? Fühlst Du, dass ich Dir nahe bin? Warum machst Du nicht halt und wendest Dich um? Hedda, erkenne mich doch ... Hedda, bleibe bei mir ... Hedda, gieb mir doch Deine Hand ... Hedda, ich bitte Dich ... Hedda ...

»Hedda! Hedda!!«

Nun hältst Du inne und wendest den Kopf. Du siehst mich an, aber mit fremdem Auge, als wolltest Du fragen: Wer bist Du?

Du erkennst mich nicht. Was ist das? Dein fremder Blick tötet mich! Hedda, sieh mich doch nicht so an!!

Du wendest Dich ab und schreitest weiter ... weiter ... einsam ... ohne Dich umzusehen ... wieder flattert Dein weisses Kleid mit den lila Blüten, und der Wind spielt mit Deinem braunen Haar, auf dem einst meine Hände lagen.

Ich staune Dir nach, und kein Schrei und keine Träne erlöst mich. Du wanderst weiter ... weiter ... ich recke die Arme nach Dir, aber Du fühlst mich nicht ...

O meine Hedda.

*

Das Meer ist die Schönheit. Das Meer ist das Leben.

Hart am Wasser schreite ich, und die Sonne ist im verglühen. Rechts die Dünen sind von blutrotem Glanz übergossen. Einem Maler würde man diese Farbe nicht glauben. Es ist ein ausgesprochenes Blutrot, voll Unheil, beklemmend.

Was liegt dort auf der Buhne? Das ist ... Die Pulse stocken mir. Ich stehe still. Ich zittere. Das ist doch ... eine ... eine ... Leiche ...?

Ich möchte mich abwenden, möchte fliehen, aber ich kann nicht. Mein Auge ist gebannt. Voll Entsetzen stiert es immer auf die Leiche, die furchtbar verstümmelt ist. Man hat ihr den Kopf abgeschlagen. Aus dem geöffneten Halse rinnt das Blut und färbt das Meer so rot, so rot. Nun weiss ich auch, warum die Dünen so rot sind und der Himmel und Alles. Die Leiche allein ist kreideblass und jung und schön – – ah, Himmel, was soll das?! Was steigt da aus dem Wasser auf? Das ist ein Clown, ein kopfloser Clown, der zappelt und strampelt und springt. Nun rührt er die Leiche an. Die Leiche richtet sich auf, und die Leiche wird zum Clown. Beide fassen sich unter und zappeln und strampeln und springen, und aus ihren Hälsen rinnt rotes Blut.

Mein Herz schlägt rasend. Träume ich? Wache ich? Was geht vor?

Die beiden Clowns stellen sich auf die Spitze der Buhne, tun einen riesigen Sprung in die Luft und sausen mit den blutströmenden Hälsen nach vorn in das zischende Meer.

Sie sind verschwunden, sie kehren nicht wieder. Die Starrheit meiner Glieder lässt nach; aber ich zittere noch und bin matt, wie zerschlagen.

Auf dem Heimweg denke ich nach, fruchtloses Bemühen. Auf ein Moment will mir das Ganze so fieberhaft närrisch vorkommen, dass ich laut lachen muss.

Aber mein Gott, ich habe es doch *gesehen*!

*

Heddas Augen sind braun. Es sind keine suchenden Augen, sondern sie ruhen und sehen viel weiter in ihre eigenen Tiefen als in die Welt. Als ich Hedda das erste mal sah, fielen mir besonders diese grossen Augen auf und die in klarer, wundervoller Linie darüber gezogenen Brauen.

»In diesen tiefen Augen«, musste ich denken, »liegt jener Frieden, den Du Dir immer vergebens ersonnen hast. O dürftest Du immer in diese heiligen Sterne blicken.«

Und nun sollen sie immer über mir Glücklichem leuchten, bis an mein Ende, und werden nicht aufhören, mir das sanfte Licht ihres Friedens zu schenken.

*

›Klassisch ist das Gesunde, romantisch das Kranke‹ lautet ein Wort von Goethe, bei dem man wohl niemals vergessen darf, dass er es als ein alter Mann geäussert hat. Denn weder das Klassische noch das Romantische erscheint doch gesund oder krank an sich; beides kann zu beidem werden, braucht es aber nicht, je nach der Persönlichkeit, die es und: wie sie es empfindet.

*

Heut habe ich von Rut folgendes schöne Gedicht gelernt!

> Ein Seehund liegt am Meeresrand,
> Putzt sich das Maul mit Dünensand.
> O möchte doch Dein Herz so rein
> Wie dieses Seehunds Schnauze sein.

Wer es gedichtet hat, ist nicht zu ermitteln. Ich fragte beim Vorbeigehen Mariechen Köhler, ob es vielleicht von ihr stamme. Aber sie behauptet mit Entschiedenheit: nein.

*

Aus einer der luftigen Restaurationshallen am Strande schau ich aufs Meer hinaus. Es ist übergossen vom Feuer der Sonne, die sich langsam dem Horizont zuneigt. Der Himmel ist mit dünnen, fantastischen Wolken bedeckt. Ganz in der Ferne sind sie wie zarte Striche, duftig, blau. Das Feuer der Sonne brennt zwischen die Gebilde hindurch. Einige scheinen mit flüssigem Gold umrandet, andere sind wie rote, schwimmende Flocken. Brandrot ist die vorwiegende Farbe am Horizont.

Jene Wolke da, rechts von der Sonne, ist wie das lohende Bild eines Pferdes, das springt. Die flatternde Mähne, der Kopf, der Hals, die .... nein, es ist doch kein Pferd! Es ist ein Frosch. Ja, ein Frosch. Dieser dicke, geschwollene Bauch. Diese behaglich lächelnde Fratze. Dies Kriechende. Der Turban. Die weiten Ärmel ... ah, – es ist ein Türke!!

Was will ich? Was fantasire ich? Es ist nichts. Es ist eine Wolke.

Schaut man flüchtig hin, so meint man, dass Alles am Himmel ohne Bewegung sei. Aber es ist Täuschung. Es regt sich Alles; schiebt sich langsam ineinander, verlängert, verbreitert sich, und nach einer Minute ist das ganze Bild ein anderes. Der Elefant ist zur Fliege geworden. Das grinsende Menschengesicht zum Kirchturm. Der Kirchturm zum Nichts.

Dort jenes schlanke Wölkchen ist wie der Hals Heddas. Aber eine Sekunde nur. Kaum habe ich noch die Vorstellung recht gefasst und will mich anschicken, sie recht zu geniessen, da ist das holde Bild wieder zergangen. Eine ragende Felsenburg mit verheissenden Zinnen.

Wenn ich doch jetzt Heddas Kopf irgendwo entdeckte. Ich wende mich nach allen Seiten und suche – und suche vergebens. Auch die Stirne nicht? den Mund? die weichen Schultern? Ich suche, suche und finde nichts. Es ist entsetzlich. Plötzlich wieder eine scheussliche Fratze mit einer Klumpnase. Ich sende die Augen in eine andere Richtung. –

Nun ist das Gold abgeblasst. Die Sonne steht dem Horizont ganz nahe. Sie taucht gerade durch eine feine, fast farblose Strichwolke. Die Farbe des Himmels ist orange. Auch auf dem Meere schwimmt dieser Ton. Orange auf Dunkelgrün – wunderbar.

Die Sonne blendet noch, sie hat noch glänzende Strahlen. Wenn Du lange in sie hineinblickst, wird Dein Auge wie taub, und Du vermagst Deine nächste Umgebung nicht mehr zu unterscheiden. Bunte Funken stieben vor Dir auf und ab.

Aber die Strahlen vergehen mehr und mehr. Endlich sind sie ganz gewichen; mit ihnen die orangene Farbe des Himmels. Nun ist die allmächtige Glut wie eine riesige, kirschrote Scheibe, still, Frieden verleihend. Jetzt taucht der untere Saum in die See. Kurz vor mir in dem roten Schein fliegt ein Taucher durch die Luft. Zuweilen macht er kurz halt, flattert einen Augenblick unruhig hin und her und stürzt sich dann schnell in die Flut, mit dem Kopf voran. Irgend ein kleines Seegetier bringt er mit sich als Beute herauf und entschwindet auf hoher See.

Die Sonne ist versunken. Es wird kühler umher. Ein rosa Glänzen breitet sich noch am westlichen Himmel aus. Bald wird auch das vergehen, dann wird die Dunkelheit kommen und die Nacht.

*

Der grösste Ort auf Sylt ist nicht Westerland, sondern Keitum. Keitum macht unter den Sylter Ortschaften den behaglichsten Eindruck: deshalb, weil es am reichsten mit Bäumen und Büschen durchsetzt ist. Seine geschützte Lage am Wattenmeer kommt der Vegetation wohl zu statten. Jedes Haus hat einen Garten, den im Frühling die Düfte der Veilchen und Primeln, im Sommer die der Rosen erfüllen, und in dessen Rasen die Winde zur Herbstzeit reife Früchte von den Bäumen schütteln. Der Ort ist weitläufig angelegt, die alten Häuser, grösstenteils mit Stroh bedeckt, zeichnen sich durch eine auffallend niedrige Bauart aus.

Keitum liegt erhöht über dem Meere, das Land steigt hier hinter dem grünen, grasbewachsenen Strande einige Meter steil empor. Um das Dorf dehnt sich die stille Heide, nach Westen zu das stille Meer.

Wanderst Du nach Keitum, so tu es, wenn das Watt in Ebbe liegt. Auch muss es zur Dämmerung sein und an einem grauen Tage, wenn Du an das Letzte denkst und an das Glück, das Dir vorbeigegangen. Dann schreite an das wehe Watt, und wenn Dich das Leben nicht leer gebrannt, wird sich Dein Sehnen in Tränen lösen.

Finstere Wolken schleichen den Himmel entlang. Du schüttelst leise das Haupt, wenn Du hinaufsiehst, Du kannst es nicht fassen, dass hinter diesen Finsternissen eine Sonne lebt. Feine Tropfen lösen sich aus der Höhe und erfüllen die Luft und nehmen den Blick in die Ferne. Das Festland liegt weit. Dein Auge ist begrenzt auf einen engen, traurigen Kreis. Die Kirche von Keitum, die abseits des Dorfes liegt, kannst Du noch gerade erkennen. Trotzig, weiss, klobig, geisterhaft ragt das Bauwerk, das älteste der Insel, in die rieselnde Luft. Wie ein Greis, den der Tod nicht treffen kann. Wie ein Fantom aus längst gelebten Tagen. Ein Hüne. Eine warnende Hand.

Die See ist aus dem Watt fast verschwunden. Nur in schmalen Rillen geht noch ein Sickern durch den Schlamm, und an den tiefsten Stellen stehen trübe Tümpel, in die das Wasser des Himmels weint. Ein leises, unterirdisches Knistern läuft durch den Schlick, kleine Blasen steigen aus der Tiefe. Sobald sie das Licht erreichen, verpuffen sie. Poren bleiben auf dem Schlick, wo sie zergangen sind.

Dort liegt eine Bake, die bei Flut dem Schiffer das Fahrwasser weist. Dort die Planke eines toten Schiffes. Wem war sie ein letzter Hoffnungsstern? Dort ein Segelfetzen. Ein paar tote Fische. Ein verfaultes Fass. Ein Klumpen, ein Etwas, ein – – ich mühe mich ab, es zu unterscheiden, ich kann es nicht. Die Luft ist so dick, die Umrisse aller Dinge verschwommen. Keitum hockt da wie ein dicker Ballen, alles Einzelne darin vermengt sich.

Am Strande liegt ein morsches Boot an rostiger Eisenkette. Es steckt schief im Schlick, das Steuer ist abgebrochen. Ein Vogel mit breiten Flügeln segelt flach über den Schlamm aus dem Nebel herbei, lautlos, und lässt sich auf dem Kiel des Fahrzeuges nieder. Dort steht er auf einem Bein, duckt den Kopf unter die Flügel und regt sich nicht. Die Regenstriche sinken unablässig auf ihn nieder. Er träumt, er schläft, er ist tot, was weiss ich.

Nun huscht es am Stande hin, geschwinde, geschwinde. Da – – da – – fort ist es. Graues Geflügel, mager, hochfüssig, hässlich, unheimlich, wie höhnische Seelen aus einer zweiten Welt. Sie irren die Tümpel und Prielen entlang. Im Laufen picken ihre langen Schnäbel allerhand Beute auf, tote Krabben, Fische und Gewürm. Im Nebel verschwinden sie.

Zwei Austernfischer fahren mit langen Flügelschlägen herbei. Plötzlich werden sie zu gleicher Zeit unter sich auf dem Watt ein Stück Beute gewahr. In demselben Augenblick stürzen sie kerzengerade hinab. Der will Herr sein und der. Ein hässliches Kreischen der Wut. Sie fallen aufeinander her und benutzen Krallen und Schnäbel. Ein paar Federn stieben und mengen sich mit dem Schlamm. Nun steigt der Stärkere mit dem Beutestück stolz in die Höhe, der andere steuert ermattet, fluchend in eine andere Richtung. Seine jämmerlichen Klagen verklingen. Und nun wieder Öde und Öde und Tod und Tod.

Ein paar dumpfe Glockenschläge kommen von dem Keitumer Turm. Sie dringen aus der Finsternis, aus grauem Nebelgrab. Der Turm, der greise Riese, ist im Abend verschwunden. Ich weiss die Stelle nicht mehr zu deuten, wo er vergraben liegt. Auch die Richtung der Glocken ist nicht zu erklären. Kommen sie dorther oder von dort? Kommen sie wirklich aus einer Kirche oder ringen sie sich tief aus dem Schlick empor, aus einer längst versunkenen Stadt? – –

Ich kehre heim, durchnässt bis auf die Haut und fröstelnd. Da drüben muss Keitum liegen. Während ich darauf zuschreite, löst es sich mählich aus Nebel und Finsternis. Aus einzelnen Häusern dringen schon die friedlichen Lichter der abendlichen Herde. Aus manchen Schornsteinen fährt Rauch, doch strebt er nicht in die Höhe, die Nässe drückt ihn nieder, er klemmt sich an die Dächer und rollt langsam daran herab. Die Strassen sind leer, kein Mensch, kein Hund. In den Bäumen rieselt der Regen in ewig gleicher Melodie, von Blatt zu Blatt, von Blatt zu Blatt, die düstern Wolken fegen dicht auf den ärmlichen Häusern hin, darüber aber, fern, fern, in grenzenloser Unendlichkeit, giebt es ewige Sterne.

*

In das goldene Haar meiner schlanken Geliebten gehören Rosen, Lion des batailles, die von leuchtendem Purpur sind. Einmal sah ich sie diese Blüten tragen, zwei oder drei, locker in den goldenen Reichtum hineingesteckt. Es war an jenem Abend, als sie uns die spanischen Lieder und die sapphische Ode sang, und die Rosen schimmerten so sonderbar und glühten so im Glanze der Lichter, als seien sie der süssesten Wunder voll. Ich musste an die Mädchen in Valencia und Andalusien denken, die auch die Rosen so auf ihrem Haupte tragen und in die blühenden Nächte singen. Und während Hedda nun die spanischen Melodieen sang, wollte sie mir ganz wie ein blasses Kind aus weitem

Süden erscheinen, das die Lieder seiner verlorenen Heimat klagt, die es fern im silbernen Mondlicht glänzen sieht.

Hedda, wir beide müssen einmal durch die blühenden Gärten Spaniens wandern. Dort sollst Du neue, wunderbare Lieder hören, so tief und sehnsuchtsvoll, dass Deine Augen vor Staunen schimmern werden. Und dort musst Du dann immer Rosen in Deinen goldenen Haaren tragen, Lion des batailles, die von leuchtendem Purpur sind.

*

Es hat mir niemals ein Bestreben so vergebens erscheinen wollen, als wenn Jemand für irgend eine Kunst irgendwelche Gesetze aufzustellen sich bemühte. Die Kunst ist eine Anarchie. Ein Jeder, der gestaltend in ihr lebt, schreibt sich seine Gesetze selbst – ja das nicht einmal: er giebt nur den Empfindungen Ausdruck, welche die willkürliche Natur gerade in ihn hineingelegt hat. Formulirt Jemand Gesetze für eine Kunst, wie dies von nachdenklichen Köpfen seit Alters her geschehen ist, noch heute geschieht und voraussichtlich geschehen wird, so lange es eine Kunst giebt, – ich sage: formulirt Jemand Gesetze für eine Kunst, so ist schon der notwendige Umstand, dass er diese Gesetze aus bereits vorhandenen Kunstwerken herzuleiten gezwungen ist, verdammend für ihn. Man kann niemals eine Kunst von bestimmten Gesetzen, sondern höchstens bestimmte Gesetze nachträglich von einer Kunst herleiten. Diese Gesetze mögen nun sogar für kleinere Talente einige Zeit hindurch wirklich bestehen. Kommt aber eines Tages ein bedeutender schaffender Geist, mit dessen Fühlen sich jene Gesetze nicht vertragen, so kümmert er sich nicht um sie und gestaltet nach Gesichtspunkten, die den früher herrschenden vielleicht gerade entgegengesetzt sind, Kunstwerke erster Ordnung. Von ihm her datirt dann das, was man eine Revolution in der Kunst nennt, der Anbruch einer neuen Ära im Gefühl, in der Wahl der Stoffe oder in der Technik oder in Allem zusammen. Freilich braucht eine solche Bewegung nicht immer von einem einzelnen Kopfe ausgehen, sondern die veränderte Zeit selbst kann sie veranlassen.

*

Die Welt ist eine Glocke, die einen Riss hat: sie klappert, aber klingt nicht – sagt Goethe. Mir klingt sie nun. Hedda.

*

Wir gingen den Strand hinab durch Sonnenlicht und stiegen in einen weissen Kahn. Der Kahn löste sich und stach in die See.

In das goldene Segel legte sich weicher Wind; die grünen Wasser zogen an uns vorüber, schön wie das Glück der flüchtigen Stunde. Bald waren wir draussen allein mit dem Boot und dem Wasser und dem leuchtenden Himmel. Nur ein paar Vögel mit gebreiteten Flügeln kreisten noch über uns.

Wir sahen auf die unendliche Fläche hinaus und schwiegen. Du hattest einen braunen Pelz um Brust und Rücken gelegt, denn Dich fror. Unter dem Pelz hielten sich unsere Hände. Nie habe ich grösseren Frieden gespürt, als wenn Deine Hand in meiner lag. Deine Hand ist weiss und gut und verleiht edle Gedanken.

Du tastetest schmeichelnd über meine Finger hin. Als Du dort den kleinen Kettenring spürtest, hieltest Du an.

»Von wem ist der Ring?«

»Von einem Mädchen. Das ist längst vorbei.«

»Wirf ihn fort.«

Ich streifte ihn los und warf ihn in weitem Bogen, so dass er im Sonnenglanz funkelte, in das Wasser hinaus, wo er versank.

Dann gab ich Dir die Hand zurück. Du nahmst von Deinem Finger einen goldenen Reif mit brennendem Rubin und schobst ihn schweigend auf meine Hand.

Wir fuhren weiter und dachten an unsere Liebe.

Unser weisser Kahn schwebte durchs Meer, und wir steuerten goldenen Ufern zu, die uns aus schönen Fernen winkten. Goldenen Ufern zu ....

Träumte ich oder warst Du bei mir? Hedda, so deutlich habe ich Dich nie gesehen. Ich erblicke an meiner Hand einen goldenen Reif mit funkelndem Rubin. Ah – was ist es mit dem Reif? Wie kommt der goldene Reif auf meinen Finger? Wo blieb der Kettenring? Wo?

Tief, tief auf dem Grunde des Meeres …

*

Gestern Abend lag ich lange auf einer Düne und dachte an die Heimat. Endlich erhob ich mich und ging still nach Haus, um mich schlafen zu legen. Ich entkleidete mich und trat an mein Bett. Der Tod lag darin. Er reckte sich und gähnte. Ich fuhr zurück.

»Komm getrost herein zu mir« sprach er. »Wie kommst Du hierher? Du bist unverschämt. Das Bett ist mein.«

»Sacre de patte, ich habe kein eigenes. Ich bin gezwungen, mich bei Euch zu Gaste zu laden.«

»Was willst Du hier?«

»Ausruhen.«

»Und mich dann mitnehmen?«

»Wenn Du willst, ja.«

»Aber ich will nicht.«

»Wenn Du nicht willst, so darfst Du noch bleiben, obwohl es sehr töricht von Dir wäre. Aber komm doch zunächst herein. Du wirst Dich auf den Dielen erkälten. Du bist ja im Hemde.«

Ich zögerte.

»Ah – Du hast Furcht vor mir? Ich dachte, Du wärest nicht feige. Nun, meinetwegen. Auf eine Enttäuschung mehr oder weniger kommt es bei mir nicht an. Bleib draussen.«

Damit warf er sich flegmatisch auf die andere Seite.

Mich reizte seine Rede, ebenso wie sein Benehmen. Ich überlegte. Wie? sollte ich's tun? Er hatte mir versprochen, ich dürfe bleiben. Der Tod lügt wohl nicht. So beschloss ich, hineinzusteigen.

Ich lüftete die Decke und legte mich zu ihm; er war schauderhaft kalt.

»Du bist wie ein Eisklumpen« sagte ich.

»Du wirst Dich schnell daran gewöhnen« entgegnete er.

Er hatte Recht. Er wusste so hübsch zu plaudern, dass ich mich bald ganz häuslich fühlte. Bis auf das fortwährende leise Unbehagen, neben dem *Tod* zu liegen.

Er plauschte von allerhand. Schliesslich kam er auch aufs Jenseits zu sprechen. Er malte es mir in den herrlichsten Farben aus. Ich merkte, er verband damit die Absicht, mich zu kapern. Ich blieb aber interesselos.

»Du wirst dort alles das finden, was hier auf Erden Deine Sehnsucht ist. Die süssesten Klänge und Gefühle von einer Hohheit, dass sie Dich töten würden, wenn Du sie als Mensch erführest. Und Mädchen mit Leibern gleich Narzissenduft und den zartesten Wolken der lenzlichen Abendhimmel.«

»Ich liebe die Mädchen nicht.«

»O, Du findest auch anderes dort. Dichter, die auf Teppichen von Rosen schreiten, und auch Du wirst Dich zu ihnen gesellen, Deine Leidenschaften werden fliehen, und Du wirst Alles sagen können, was Du hier sagen möchtest und doch nicht kannst.«

»Auch die Dichter liebe ich nicht.«

»Wie?«

»Ich hasse diese Brut.«

»Aber bist Du nicht selbst einer?!«

»Trotzdem.«

»Nun, wenn Du die Dichter nicht magst (ich kann Dir diese Abneigung nachempfinden), so wirst Du doch wenigstens ihre Werke lieben?«

»Nein, auch diese nicht.«

»Und Deine eigenen?«

»Die hasse ich am allermeisten.«

Der Tod schnellte empor und sah mich gross an.

»Hm« machte er darauf. »Ich werde jetzt weiter gehen.«

»Das bedaure ich sehr, denn Deine Gesellschaft ist mir lieb geworden. Ich finde, Du bist ein netter Kerl.«

»Ah – willst Du mit mir?«

Er freute sich schon.

»Nein. Aber ich erlaube Dir gern, einmal wieder zu kommen und mit mir zu plaudern.«

Er sprang aus dem Bett.

»Einmal noch, – ja. Zum Schluss, weisst Du.«

Er ging an das Fenster, öffnete es und schritt durch die Schleier der Mondnacht irgendwohin an die Arbeit.

*

Der Maler Heinrich Vogeler in Worpswede ist ein Romantiker, mystisch und still. Manche seiner Bilder sind wie Volkslieder. Seine Märchenbilder sind von entzückender Süsse und Dummheit. Keiner weiss die Liebe der jungen Menschen so keusch und so innig zu gestalten wie er.

Ritter und Fräulein in stiller Umarmung unter zarten Birken im Mai. In der Ferne grünen die Kuppeln voller Linden. Ein schmales Wässerchen geht durch die Wiese, in der die Blumen des Frühlings blühen. Und rings ist es ruhig, ruhig, wunderbar.

So ist ein Bild von ihm, das ich habe. Es ist kein Bild, es ist nicht Wirklichkeit, es ist ein tiefes Gefühl.

*

Ich habe den ganzen Nachmittag darüber nachgedacht, was Hedda für ein Kleid anhatte, als ich sie das erste Mal mir gegenüber sah, – aber ich komme nicht darauf. Ich zermartere mir den Kopf, doch es hilft nicht. Aber es quält mich unablässig, und ich muss mich einen Narren schelten, dass ich so flüchtige Augen habe. – Das weisse mit den kleinen lila Blüten, das ich so sehr liebe, ist es, glaube ich, nicht gewesen, auch das Radkostüm nicht, und das kostbare weisse mit Gold sah ich erst an jenem späteren Abend, als wir zusammen tanzten. Das rote? Nein. Das habe ich nur einmal gesehen, eines Vormittags, als ich unangemeldet Besuch bei Heddas Tante machte.

Es ist zu seltsam. Ich sehe Hedda noch so deutlich vor mir, als ich sie das erste mal begrüsste. Es war in dem halbdunkeln Salon ihrer Tante, und sie drehte dem Licht, das durch die rosa Gardinen kam, halb den Rücken zu. Ihr hohes Haar, die bleichen Wangen, ihre grossen Augen (besonders die) und die ganze königliche Gestalt sehe ich klar vor mir. Aber das Kleid – ich kann und kann mich nicht entsinnen. Ich muss schnell an Hedda schreiben, dass sie mir mitteilt, welches Kleid es gewesen ist, denn sie weiss es gewiss, und ehe ich es nicht erfahre, habe ich keine Ruhe.

*

Whistler (irre ich nicht) hat es ausgesprochen, dass ein jedes Kunstwerk im Verhältnis zu dem Werkzeug stehen müsse, mit dem es gemacht sei. Dies kann sich natürlich nur auf die bildende Kunst beziehen. Aber auch hier darf der Satz angefochten werden, so geistreich er sonst ist. Es giebt jedenfalls eine Menge von Kunstwerken, auf die er nicht passt. Man denke nur an Goya, Cornelius, Preller.

*

Über die Heide fegt der Wind. Die Wolken jagen in Fetzen, drüben wühlt das Meer, wühlt, wühlt, wühlt, und jetzt klatschen die ersten Riesentropfen auf den staubigen Boden.

Ein altes Weib schleicht über die Heide, mit einem gewaltigen Ast hinten, und triefäugig. Sie humpelt an Stelzen, ihr Körper ist weit nach vorn gebeugt, lange Haarsträhnen fallen ihr ins Gesicht. Sie flucht vor sich hin und flucht und flucht. Dann hält sie an, blickt gerade hinauf zum Himmel, reckt die Faust empor, schüttelt sie und droht und flucht von neuem. Darauf späht sie in die Ferne, aber was sie sucht, ist nicht sichtbar.

Der Regen saust hernieder, es giesst wie mit Kellen, und die klitschnassen Kleider der alten Hexe backen sich fest an ihre mageren Glieder. Der Wind heult und stösst, und aus dem Heidekraut klagen ein paar winzige Vögel.

»Eckeneckepenn« schmeichelt die Alte »Eckeneckepennechen, mein Eckeneckepennechen, mein Süsser.«

Ein dichtes, bläuliches Licht verbreitet sich, und aus dem Heidehügel steigt Eckeneckepenn. Ein Zwerg, ein Männchen, auch mit einem Ast, aber mit einem zierlichen Ast, mit einem Ästchen.

»Alte Mutter Mikaloda« spricht er mit geschwollenem Bauch. »Alte Mutter Mikaloda, was rufst Du mich?«

»Ich komme nicht weiter« krächzt die Alte »Fühlst Du nicht die verfluchte Zeit?«

»Ekelhaft« spricht Eckeneckepenn. »Beim grauen Liprutzo, es ist ekelhaft.«

Dabei spuckt er beiseit und reicht der Hexe seine zierliche Hand.

Mutter Mikaloda spricht:

»Eckeneckepenn, mein Liebster, Deine schönen Augen glänzen so. Wie kommt der schöne Glanz in Deine Augen, sprich?«

»Süsse Mikaloda« entgegnet der Zwerg mit heimlichem Jubel »Der Glanz in meinen Augen ist schimmernde Freude, sonst nichts.«

»Freude? Worüber?«

»Freude, weil ich Dich vor mir sehe, o Du Holde. Weisst Du denn, Mikaloda, meine Zarte, dass Du das schönste, frommste, verlockendste Weib bist, das je auf Erden schritt?«

Da kreischte die Alte laut auf vor Wonne und warf die Stelzen hoch in die Luft, so hoch es ging, denn diese Worte hatte ihr bisher noch niemand gesagt. Sie schmiegte sich lächelnd an die breite Brust des Eckeneckepenn, und dieser sprach, indem er seine Arme zärtlich um ihren Riesen-Ast legte, mit grosser Ruhe, fast erhaben: »Yo te quiero, yo te quiero, chiquita de mi corazon. Tu eres un ángel que ha venido del cielo para traer la dicha.

Ven, ven a mi palacio, oh amada mia, para que seamos felices. Ven.«

Der Heidehügel schloss sich über ihnen auf immer, und das eigentümliche magische Licht erlosch. An diesem Tage gebaren in Keitum sämtliche Hämmel, auch diejenigen, welche zuvor nicht trächtig waren.

*

Heute sah ich wieder einmal die Sonne untergeben. Ich lag auf einer Düne im Süden der Insel, dicht vor meinen Augen spielte das harte Gras im Winde. Ich sah durch die Halme hindurch auf das Meer, das bis zum Horizont hin weisskämmige Sturzwellen hatte. Seine Farbe war dunkelgrün mit wogenden, hin und her springenden, orangefarbenen Klecksen. Der Himmel von einem schillernden, märchenhaften Blau, wie man es sonst nur auf den Flügeln mancher exotischer Schmetterlinge sieht. Keine Wolke rings. Die Sonne blendete, weisslich golden, wie flüssig, aber je tiefer sie sank, desto matter wurden ihre Strahlen. Der ganze breite Horizont färbte sich allmählich in ein apfelsinenfarbenes Rotgelb. Darin brannte still und gross die granatrote Sonnenflamme. Sie sank tiefer, tiefer, und immer ruhiger wurde ihr Glanz. Nun berührte sie den Horizont. Ich konnte in sie hineinsehen, ohne dass sie mein Auge noch blendete. Feierlich, langsam glitt sie hinab. Nun war es nur noch eine halbe Scheibe, die sich über dem dunkeln Grün des Wassers erhob. Rechts und links davon breiter, rotgelber Himmel. Ein flammender, hin und her zitternder, breiter Strich von der Sonne an auf dem Meere entlang bis an den weissen Strand zu meinen Füssen.

Ich schaue träumend durch die vor meinem Gesicht sich hin und her neigenden Halme und kaue an einem Binsenstengel.

Sonst rege ich mich nicht. Über mir schreit eine Möve. Ich höre es kaum. Mir ist, als klänge es aus einem fernen, verlorenen Reich, das meine Augen nie gesehen haben. Mein Sehnen erwacht und irrt über die Fläche hin und sucht nach einem Flecken, auf dem es Ruhe findet. Aber kein Segel ist in allen Weiten, keine Insel, kein Land, nur Wellen, Wellen, Wellen und die sterbende Sonne. Jetzt ist sie nur noch ein roter, sprühender Punkt. Jetzt – – – aus. Es ist, als sei der Wind plötzlich kühler geworden. Ein leichter Schauer überläuft mich. Noch eine kurze Weile bleibe ich liegen und beobachte, wie der flammende Himmel allmählich verblasst.

Unwillkürlich denke ich an Hedda. Wenn ich Dich jetzt an meiner Seite hätte, Du. Wo bist Du in diesem Augenblick? Ich sehe in Gedanken Dein seidenes Haar sich regen. Ich spüre seinen Duft. Ich fühle Deine braunen Augen leuchten. Ich empfinde den Druck Deiner blassen Hand. Ich fühle den Kuss Deiner roten Lippen. Hedda, Hedda! Ich werde rasend, dass Du nicht bei mir bist!

Ich springe auf. Der Westwind umsaust mich. Die Brandung raunt herauf. Am Strande streichen einige Seeschwalben auf und nieder. Weiter entfernt unterscheide ich einen Menschen, der auf einer Buhne steht und hinaus in die Unendlichkeit blickt.

Ich wende mich. Im Osten dehnen sich die Watten, ein bleierner, unbewegter Strich. Dort ist die Dämmerung schon stärker. Keine Welle, kein Segel. Zwischen den Watten und mir breitet sich die Heide aus; darauf weidende Kühe und Schafe. Nach Norden erstrecken sich die weissen Dünen, eine hart an der andern, wild, zerklüftet, geisterhaft, unfruchtbar. Sie sind wie ein schmales Gebirge, das sich ins Unendliche dehnt. Hier in seinem südlichen, überaus schmalen Teil, besteht Sylt aus nichts als Dünen, für Anderes ist kein Raum. Sie liegen da in trüber

Grösse, öde, wie das verlassene Königreich eines Tyrannen. Der Wind fängt sich in ihren Klüften, darin die Meervögel ihre Nester haben. Hin und wieder ein monotones Gerinnsel im Sand. Sonst Öde, Tod.

Ich liebe diese Öde, diesen Tod, diese bleiche Majestät. Hier ist die Heimat der Einsamkeit. Hier ist die Heimat der Stille.

*

Ich Tor. Dass ich mich auch darauf nicht habe besinnen können! Hedda schreibt mir heut, es sei die Bluse aus blasslila Seide gewesen, die sie an jenem Tage trug, als wir uns kennen lernten. Freilich: die blasslila Bluse mit dem hohen Kragen und darunter der silbergraue Rock aus Moirée. Nun erinnere ich mich auch wieder ganz genau. Es hing ihr eine feine, altgoldene Kette über der Brust und daran ein Herz aus dunkelroter Emaille, das auf dem zarten Lila so reizvoll war. Sie hielt eine weisse Rose in der Hand, und um die Taille lief ihr ein zarter Gürtel aus altgoldenem Filigran, welcher der Bluse nach unten den Abschluss gab.

Ja freilich, die Bluse aus blasslila Seide ist es gewesen.

*

›Unsterblich sein‹ kann nichts anderes heissen als: Das Ewige lieben. Nur in der Liebe zur Natur können wir unsterblich sein.

*

Woher kommt es, dass der Liebende nie von seiner Geliebten träumt? Ich habe Hedda noch nicht ein einziges mal im Traum gesehen. Den ganzen Tag ist sie bei mir, im Schaum der Wellen schwebt ihr Bild, ich sehe sie in jeder Blume, und aus dem Nebel heraus ruhen ihre sanften Augen auf mir. Aber im Traum habe ich sie noch nie gesehen. Ich träume viel, von den fernsten, gleichgiltigsten Dingen, an die bei Tage zu denken mir niemals einfallen wird. Aber von Hedda, an die ich immer denke, bis zu dem letzten Augenblick bei Nacht, in dem ich hinüberschlafe, – von Hedda träume ich nie. – Erwache ich des Morgens, so bin ich voll Verdruss über all die Torheiten, die ich im Traume sah, und mein Blick geht nach dem Schreibtisch hinüber, von wo der stille Kopf meiner Geliebten mir entgegensieht. Sie giebt mir des Morgens den ersten Gruss und den letzten guten Gedanken bei Nacht. Aber ich träume nie von ihr.

*

Ich balge mich mit Rut in ihrer Burg. Wir bewerfen uns mit Sand und stopfen ihn uns gegenseitig in die Taschen. Endlich bin ich ermüdet und lege mich um auszuruhen nieder, indem ich mir jede weitere Belästigung verbitte. Rut lacht und fängt an mich einzuschaufeln, erst die Beine, dann die Arme, dann den Leib. Ich kann mich kaum noch regen. Jetzt wirft sie mir ganz frech eine Schaufel Sand ins Gesicht. Ich wühle mich, so schnell es geht, heraus, reibe mir den Sand aus den Augen, schüttele ihn mir flüchtig von den Kleidern, und die Katzbalgerei geht von neuem los.

Schliesslich ist auch Rut ermüdet. Wir strecken uns nebeneinander hin, fassen uns um und machen die Augen zu, als ob wir einschlafen wollten. Eine Weile sind wir auch beide still. Dann aber fängt Rut an:

»Herr B., wissen Sie was?«

»Na?«

»Ich finde, wir liegen jetzt hier gerade wie ein junges Ehepaar.«

Es kitzelt mich, laut herauszulachen, wie so oft, wenn Rut etwas sagt. Aber ich verbeisse es mir, denn ich weiss, es verdutzt sie. So entgegne ich ganz ernsthaft:

»Rut, das finde ich auch. Sag, wie wäre es, wenn wir uns einmal heirateten, wie?«

»Ach –«

»Willst Du nicht?«

»Lieber nicht.«

»Warum denn nicht?«

»Sie sind ja sehr nett, wissen Sie, aber – sehn Sie, ich heirate doch bloss einen Leutnant.«

»Das ist aber schade. Warum denn blos einen Leutnant?«

»Weil der eine Leutnantsuniform an hat und Sie nicht.«

O Rut, Rut, Du bist ein süsser Kerl!

*

Drollig. Wundersam. Grandios! Beim Zeus, das erlebte ich nie!!

Die purpurne Sonne streift im Niedergang eben den Horizont, da hebt es an. Ich tue die Augen weit auf. Ich meine erst, es sei irgend ein Trug, ein Spiel in der Luft. Aber nein, es ist Begebnis. Es geschieht. Oder dennoch nicht?

Die Wellen der Brandung beleben sich mit Leibern, Gesichtern, Gliedern. Lachen, Rufen, Geschrei, Gedränge, Hoiho! Ein Körper nach dem andern löst sich aus dem grünen Wasser und schwingt sich auf den Strand. Märchengeschöpfe, Sagentiere, Wundergestalten, endlos.

Es hebt ein Getümmel an von Farbentönen und Gliederformen, wie es meinem erwählten Auge nur dieses eine mal zu schauen vergönnt ist. Wesen des Meeres, von bestrickender Schönheit die Einen, süss wie sie kein Menschenauge erdacht, die Andern Fratzen, plump, ekelhaft, gemein.

Was will diese Stunde bedeuten? Das Meer feiert ein Fest. Irgend einen Schöpfungs-, Auferstehungs- oder Vernichtungstag. Die Erinnerung an etwas Gewaltiges auf alle Fälle. Was das ist, kann und werde ich nicht erfahren. Die Zungen der Wesen zu meinen Füssen sind meinem menschlichen Ohre fremd.

Eine Schaar unsagbar lieblicher Nymphen begrüsst sich. Sie sind blutjung, ihre zarten Leiber nackt. Sie sind so keusch wie sinkender Schnee, der die graue Erde noch nicht kennt. Sie lächeln und schlingen ihre schlanken Arme ineinander, und ihre Mienen sind voll Frieden und Heiterkeit. Ich schaue in ihre Augen, die wie sonnenbeglänztes Meerwasser sind, gross, matt, schimmernd. Ihre Lippen leuchten wie kleine blasse Korallenstücke, die Zähne wie Elfenbein. Über Schultern und Rücken rieselt ihnen eine Flut nasser kohlschwarzer Haare, in die sich Seetang und grüne Gräser geflochten. Eine der schönsten unter ihnen trägt auf dem Kopf einen lockeren Kranz von weissen Wasserrosen.

Jetzt kommt ein greiser Meercentaur an ihnen vorbeigewatschelt. Er hat schneeweisses Haupthaar und einen schneeweissen Bart. An seinem plumpen Pferdeleib hängt ihm ein schneeweisser Schwanz. Er ist gescheckt, braun und gelb. Sein Maul breit und triefend. Die vier klotzigen Füsse wühlen ungeschickt den Sand auf. Das stupide Auge ist lüstern.

Er umfasst eine der Nymphen und zieht sie lachend an seine Brust. Die Ärmste zetert und strampelt mit den kleinen Füssen. In ihr Auge tritt scheues Entsetzen. Die Berührung mit diesem Scheusal ist ihr ein Grauen. Da tritt die Gekrönte flink vor den Centauren hin und wirft ihm einen flammenden Blick entgegen.

Er lässt den zappelnden Körper zu Boden gleiten und trollt sich, schnaubend, indem er die Fäuste ballt, mit zorneswütigem, gesenktem Kopf, wie ein grollender Stier.

Er trifft auf einige Genossen, die sich faul am Boden räkeln und Zoten erzählen. Sie grinsen und fletschen die Zähne. Missmutig legt er sich zu ihnen. Er ist verstimmt, man fängt an ihn zu necken. Besonders der Eine, ein blutjunger Bursche, mit dem leuchtenden Leib eines Schimmels und brutalen Zügen in dem breiten Gesicht, stichelt unausgesetzt auf ihn ein. Der greise Herr gebietet ihm mit drohendem Arm Schweigen. Da lacht der andere belustigt auf und höhnt nur desto frecher. Nun springt der Greis empor, Schaum tritt ihm vor das Maul. Auch der Junge erhebt sich. Sie streben aufeinander zu. Die andern hindern sie nicht. Im Gegenteil, sie freuen sich mit hämischen Gesichtern, des kommenden Schauspiels froh.

Hochauf bäumen sich die Leiber der Kämpfenden. Sie rennen sich die Fäuste vor die Brust und verbeissen sich in die Nacken. Sie reissen sich mit den Klauen Stücke aus dem Fell. Zuweilen brüllt einer von ihnen laut auf, in verzweifeltem Schmerz. Aber keiner lässt ab. Einer muss sinken, eher ist kein Ende. Ein grauenhaftes Schauspiel. Der Alte ist erschöpft, man merkt es, er beschränkt sich schon nur auf die Verteidigung. Jetzt hebt ihn der Junge hoch empor und schleudert ihn, dass es kracht, auf den Rücken. Die andern brüllen und klatschen Beifall. Evoë! Evoë!

Reglos, keuchend hält der Schimmel den Schecken an den Boden gepresst. Triumphirend grinst er auf ihn herab. Er ist der Sieger. Der Alte liegt stumm, wie tot. Nur an der schweratmenden Brust sieht man, dass er noch lebt. Der Junge wendet sich von ihm. Zuvor versetzt er ihm noch einen heimtückischen

Schlag mit dem Hinterhuf. Der Besiegte lässt es ruhig über sich ergehen. Er fühlt es wohl kaum.

Der Junge zieht mit seinen Genossen weiter, einem andern Platze zu. Der zerschundene Alte bleibt liegen. Es kümmert sich keiner um ihn.

Nur eine Schaar ganz winziger, drolliger Wesen sehe ich um ihn herumspringen und ihn eine Weile neugierig betrachten. Dann trollen auch sie sich. Seepferdchen.

Ein widerwärtiges Ungetüm ist dort aus dem Wasser auf eine Buhne geklettert. Es wälzt sich nun schwerfällig auf den Strand. Da bleibt es träge liegen und sieht dem Treiben zu, mit halbgeschlossenen Augen, ohne ein Glied zu rühren. Was ist es? Kein Irdischer kann es deuten. Es hat einen fetten, schmierigen Bauch, wulstige Flossenhände und hinter den Backen Kiemen. Es sieht grauschwarz aus, wie ein Klumpfisch beinah. Über den Schädel läuft ihm eine dick-rippige Kammflosse. Seine Augen sind verquollen, der Mund breit, schwammig, der ganze Ausdruck des Gesichts ist der eines Idioten. Ekelhaft. Ich wende mich ab.

Da habe ich ein entzückendes, ein holdes Bild. Zwei Liebende, wundervoll schön von Wuchs und Antlitz, wandeln eng umschlungen abseits der Andern dicht an der Düne entlang. Ein Neck und eine Nixe, die feinen Glieder leicht gebräunt, von der Sonne verbrannt während des Rastens auf Riffen und Gestaden. Sie sehen nichts um sich her. Hin und wieder bleiben sie stehen, werfen die Arme fester um sich und küssen sich. Sie sprechen kein Wort, aber sie leben Seligkeiten. Sie beben nacheinander. Jetzt biegen sie heimlich in eine Dünenkluft ein, ganz in die Einsamkeit. Dort sind sie allen Späherblicken entzogen. Die Seligen ....

Ein wüstes Lachen. Von wenigen geht es aus, dann bemächtigt es sich der ganzen Sippe. Was ist?

Während ein junger Wassermann aus den Fluten emporstieg, hat sich ein feister Seehund auf seinen Rücken geschwungen. Da reitet er nun Huckeback, mit behaglichem Schmunzeln, und klatscht dem zeternden Wassermann zuweilen eins mit dem Schwanz auf die Hinterbacken. Der schreit und rennt und schüttelt sich, den alten Fettwanst loszuwerden. Aber der alte Fettwanst hat sich fest geklammert und bleibt ihm auf dem Buckel wie eine Klette. Alles will sich ausschütten vor Lachen. Nur dem Wassermann ist gar nicht lächerlich zu Mut. Er rennt wie besessen und fleht um Hilfe. Aber Keiner hilft ihm. Jetzt biegt er wieder in die Brandung hinein und verschwindet in ihr, den glatten Leib der Otter noch immer auf seinem Rücken. Das Wasser klatscht schäumend über ihm zusammen.

Unterdessen ist die Sonne ziemlich hinabgetaucht. Jetzt ist ihr Purpur fast nur noch ein Tüpfelchen. In die lärmende Schaar der Seewesen kommt eine grosse Stille. Sie knien nieder gen Westen und verneigen sich. So verharren sie einen Augenblick, bis das allerletzte Stückchen der Sonne versunken ist. Dann springen sie auf, und in buntem Getümmel stürzen sie sich wieder in ihr schäumendes Gebiet, jauchzend, lachend, rufend. Der Strand ist leer. Nur der verwundete Centaur liegt noch ohne Regung da. Aber auch in ihn kommt nun das Leben zurück. Er richtet sich mühsam auf, sein Auge funkelt, an den bebenden Lippen erkennt man, dass er flucht. Langsam, keuchend kriecht er der Brandung zu und wirft sich plumpsend in sie hinein. Nun ist nichts mehr weitum, was an den abendlichen Spuk gemahnt.

Da sieh – – aus den Dünen huscht es hervor. Neck und Nixe, die bei dem purpurnen Fest ihrer Liebe Zeit und Alles vergassen. Er trägt sie auf den Armen, ihr Köpfchen liegt an seiner Brust; sie hat den Arm um seinen Leib geschlungen. Wie der Wind springt er über den Strand dahin. Auf eine Buhne. Von ihrem Rand stürzt er kopfüber mit seiner zarten Last in den funkelnden Schaum.

Vorüber, vorüber.

*

Ich bin verstört erwacht. Ich habe von Hedda geträumt, das erste mal, aber es war nicht gut.

Es war in einem Ballsaal, viel Lärm und Glanz und tausend fröhliche Gesichter. Ich sah, wie Hedda mit einem Andern tanzte, der mir ganz fremd war. Sie lachten und scherzten beide und warfen keinen Blick auf mich. Ich zermarterte mir den Kopf, wer jener Mensch sein konnte, da sah ich, wie Hedda während des Tanzes erblasste und umsank. Sie hatte die Besinnung verloren. Im letzten Augenblick fühlte ich noch, wie ihre Augen nach mir suchten, und es schien mir, als schwebe mein Name auf ihren Lippen. Ich wollte hinübereilen, aber ich konnte nicht. Meine Füsse, wie es so oft im Traum zu geschehen pflegt, versagten den Dienst. Ich war an den Platz, auf dem ich mich befand, angewurzelt. Die Angst erfasste mich, es schwamm mir vor den Augen. Ich sah wie durch einen Schleier, dass die Menschen zusammenströmten, wo Hedda gefallen war, und dann bemerkte ich, wie man sie hinaustrug. Nach einer Weile kamen die Menschen in den Saal zurück, bleich und erregt, man liess die Musik abbrechen, der Tanz wurde eingestellt. In diesem Augenblick wachte ich auf.

Wie glücklich war ich, dass es nur ein törichter Traum gewesen war. Aber ganz glücklich konnte ich doch nicht sein.

Ich stand auf, kleidete mich an und lehnte zum Fenster hinaus, dass der Nachtwind mir die pochende Stirn kühlte. Der

Mond stand am Himmel, und ein feines Gewölk huschte an ihm vorüber. Das Raunen der Brandung kam aus der stillen Nacht, ich lauschte ihm entgegen und sah einen feinen Silberstrich hinter den Dünen, wo das grosse Wasser lag.

Nun habe ich von meiner Geliebten geträumt, was ich mir immer so sehnlich wünschte, und nun werde ich meines Traumes nicht froh.

*

Vor mir das Wattenmeer in Dämmerlicht. – Grauer Schlick und ein paar kreisende Vögel. Wonach schreien sie? – Hinter mir die Heide, violett, schwer von Duft. – Das Blöken einer angepflöckten Kuh. – Fern ein Nebelstrich: da liegt das Festland. – Ich bin allein, allein. – Ich breite die Arme aus und sehne mich. – Kirchenglocken. – Hedda. –

*

In den Dünen liegen Zwei, die haben sich lieb. Sie haben Einer den Arm um den Andern geschlungen und sehen zum Himmel auf. Zuweilen pressen sie sich fester aneinander. Sie sprechen nicht, sie sind in einem seligen Lande und fühlen nichts als den Himmel und ihr Glück.

In den Dünen liegen Zwei, die haben sich lieb.

*

Gestern ist eine Leiche bei Rantum, südlich von Westerland, an die Insel getrieben. Nr. 50. Heut Nachmittag war das Begräbnis auf dem Friedhof der Heimatlosen. Die Leiche hatte während der Nacht in einem Rantumer Schuppen gelegen. Sie wurde auf einem rasselnden Bauernwagen an den Friedhof geschafft, wo eine Grube gegraben war und sich ein paar Hundert neugieriger Menschen versammelt hatten. Herren in Strandschuhen, weissen Anzügen und bunten Mützen. Damen in Tenniskostümen, hellen Hüten und roten Sonnenschirmen. Darüber ein jubelnder Sommertag mit strahlendem Himmel. Wer es aus der Ferne sah, hätte meinen können, dass es sich um irgend ein Fest im Freien handle.

Und ein Fest war es ja auch. Denn es ist immer ein Fest, wenn Einer in die Erde geschoben wird. Für den nämlich, der in dem Kasten liegt. Es ist ihm das Fest der Vollendung, der Sieg über die Erde, die Grosse Befreiung.

Einige Fotografen waren auch anwesend, die das Begebnis im Bilde festhalten und am nächsten Tage für fünfzig Pfennig verkaufen wollten.

Der schwarz gestrichene, mehr als einfache Sarg, auf dem einige Kränze aus Heideblumen lagen, wurde an Stricken in die Grube gelassen. Ein Choral wurde intonirt. Aber nur Wenige sangen mit. Die Leute hielten es nicht für chic, öffentlich auf einem Kirchhof ein geistliches Lied zu singen. Es war ihnen peinlich, sie hätten während des Gesanges am liebsten nicht anwesend sein mögen. Sie sahen verlegen hier hin und dort hin und schwiegen. – Ein paar Kinder, mit hellen Stimmchen, sangen desto tapferer; ebenso einige alte Herren und alte Damen; auch die Leute vom Dorf, die zugegen waren, stimmten ausnahmslos mit ein.

Nachdem der Pfarrer ein paar gute Worte gesprochen hatte, fielen die Erdschollen. Kein Freund, kein Bruder, nicht Einer, der diesen Toten liebte, war zugegen. Nichts als fremde Menschen. Fremd die Erde, in die er gebettet wurde. Fremd der Himmel, der über seine Stätte zog. Ein Heimatloser.

Milde Hände streuten eine Fülle kostbarer Rosen auf den frischen Hügel und legten Kränze darauf. Nach kurzer Weile lag das Grab allein. Es wird nicht das letzte sein an diesem düstern Platz. Man wird einst eine Grube daneben graben. Wen wird sie bergen? Dich? Mich?

*

Es überfällt mich zuweilen eine Unruhe, ein eigentümliches, halb süsses, halb trauriges Gefühl, und plötzlich weiss ich: jetzt verlangt Hedda nach mir. Es kann nichts Anderes sein, ich fühle es genau. Auf einmal sehe ich sie so klar vor mir, so greifbar klar: ihre weiten Augen mit dem Märchenlicht, das volle dunkle Haar und die weisse Stirne. Und ich sehe, wie sie die Hand nach mir ausstreckt, mit bittender Gebärde, als wolle sie sagen:

»Komm zu mir, Du, komm; ich muss Dich in meine Arme nehmen und Deine Lippen küssen. Was bist Du denn so weit von mir? Ich seh Dich ja gar nicht, mein Liebster; ich glaube, Du hast mich längst vergessen und magst mich nicht mehr. Komm zu mir, komm, ich muss Dich in meine Arme nehmen und Deine Lippen küssen.«

Dann springe ich auf, ich möchte ihre Hände fassen, fest, fest, aber ich kann ja nicht über die Länder und Meere hinweg. Ich möchte am liebsten schnurstracks hinüber nach Munkmarsch laufen und dort das erste beste Schiff besteigen und zu meiner blassen Hedda fahren, die solche Sehnsucht nach mir hat; sie soll mich in ihre weichen Arme nehmen und meine Lippen küssen.

*

An Hedda

Den Einzigen, Hedda, welchen Du lieben kannst,
Forderst Du ganz für Dich, und mit Recht.
Auch ist er einzig Dein;
Denn seit ich von Dir bin,
Scheint mir des schnellsten Lebens
Lärmende Bewegung
Nur ein leichter Flor, durch den ich Deine Gestalt
Immerfort wie in Wolken erblicke:
Sie leuchtet mir freundlich und treu,
Wie durch des Nordlichts bewegliche Strahlen
Ewige Sterne schimmern.

Goethe

*

Die Natur ist das Einzige und nicht der Geist. Die winzigste Blüte wird zum Symbol des Unendlichen; der Gedanke, und sei es der erhabenste, nie.

*

Jede Erfüllung birgt eine Enttäuschung im Schoss. Unsere Sehnsucht kommt nie ans Ziel. Das Schönste ist die Erinnerung an das Schöne.

*

Heut gegen Mittag ist Rut abgereist, nachdem ich in einer Strandhalle noch einmal, das letzte mal, rote Grütze und Friesenkuchen mit ihr gegessen hatte. Beim Abschied war sie sehr standhaft. Sie sagte:

»Adieu, lieber Herr B. Lassen Sie es sich noch recht gut ergehen auf Sylt, und ich danke Ihnen auch vielmals für die rote Grütze.«

»Adieu, mein liebes Rutchen« sagte ich »Lass es Dir gleichfalls immer gut ergehen, hörst Du, und sei recht fleissig in der Schule, ja?«

»Ach« machte sie und zog den Mund schief.

»Hoffentlich sehen wir uns bald einmal wieder, nicht wahr, Rut?«

Darauf entgegnete sie sehr ernst:

»Sehn wir uns nicht in dieser Welt,
So sehn wir uns in Bitterfeld.«

So hatten wir auch zum Schluss noch etwas zum fröhlich sein.

»Nun also, adios Rut. Auf Wiedersehn!«

»Adieu, adieu, adieu, adieu, adieu« etc. etc. mit wirklicher Grazie in infinitum …

Sie winkte, so lang es ging, mit dem Taschentuch über die Düne fort. Dann war sie verschwunden.

*

Oft ist mir ganz deutlich als höre ich Heddas Stimme neben mir. Ein Flüstern oder ihr Lächeln oder wie sie meinen Namen spricht. Am meisten dies letzte. Wenn sie meinen Namen spricht, langsam und in tiefer Liebe, das klingt wie ein zärtliches Lied.

»Joachim« sagt sie, genau wie alle Andern auch sagen, aber ganz, ganz anders doch, mit einem heiligen Klang in der Stimme, so sonderbar, als ob sie mir mit diesem einen Worte die Heimat schenke.

Ich meine es mitunter so klar, so ganz klar zu hören, dass ich mich erstaunt umwende oder zur Seite blicke. Aber da sind nur fremde Menschen, fremde Stimmen und Hedda ist weit.

Wann hängt sie wieder an meinem Arm und singt mir das Lied meines Namens in mein Ohr?

*

In einem Strandkorb unweit von mir sitzt ein altes Mütterchen. Sie hat sich in ein Plaid gemummt und blickt über das schäumende Meer. Ihre Wangen sind von der frischen Luft sanft gerötet. Ihre Augen schauen glücklich und voll seliger Ruhe.

Nach einer Weile kommt ein altes Männchen herbeigewackelt, im Überzieher, etwas gebückt, eine Brille auf der Nase. Er sucht an einigen Strandkörben umständlich nach der Nummer, endlich hat er den rechten gefunden, jenen, in welchem die Greisin sitzt, sein Weib.

Sie reichen sich die Hände, er lässt sich neben ihr nieder. Sie sieht ihn erstaunt an. Es ist etwas Fremdes in seinem Gesicht, eine tiefe Falte ist in die Stirne eingegraben, das Auge ist umschleiert.

»Was ist, Friedrich?«

»Jettchen ... wir ... wir ...«

Er schüttelt seufzend den Kopf und greift in die Rocktasche, aus der er einen Brief hervorzieht.

»Der Junge hat geschrieben. Er ... Jettchen, wir haben nun schon so viel Unglück mit dem Jungen gehabt ...«

»Friedrich, was ist geschehen?«

»Er braucht notwendig; Geld, und umgehend, ganz umgehend. Sonst ... seine Ehre, schreibt er ...«

»Mein Gott ...«

»Wo soll ich es hernehmen? Ich weiss es nicht.«

Sie seufzt tief auf. Stille. Dann:

»Wir müssen morgen reisen. Schicke ihm das Geld, das wir für den Aufenthalt hier gespart haben. Es hilft nicht.«

»Aber der Arzt hat Dir diesen Aufenthalt dringend geboten. Es ist das einzige, was Dich von Deinen Schmerzen befreien kann. Und wir sind erst gestern gekommen.«

»Dennoch müssen wir reisen. Der Junge braucht das Geld. Wenn wir es ihm nicht schicken, geschieht ein Unglück. Wir müssen morgen reisen.«

»Jettchen, mein armes Jettchen ...«

»Wenn ich auch nicht mehr gesund werde weisst Du. An uns Alten liegt ja nichts mehr. Wir gehören ja kaum noch dazu.«

»Du fühlst Dich so wohl hier.«

»Ja, ich spüre, dass diese Luft Balsam für mich ist. Erkundige Dich, Friedrich, wann morgen die Schiffe fahren. Und schicke dem Jungen heute noch das Geld.«

Er greift nach ihrer Hand. Sie schweigen beide. Eng beieinander sitzend schauen sie auf das brandende Wasser hinaus. Schauen sie in die Zukunft? Schauen sie in die Vergangenheit?

Aus den Augen der alten Frau ist der glückliche Schimmer gewichen. Die selige Ruhe ist darin geblieben.

*

Die Natur empfindet nicht Freude noch Schmerz. Sie ist ohne Leidenschaft, ohne Willen, sie ist die absolute Notwendigkeit.

Unsere Liebe zu ihr ist nur ein Teil der unendlichen Liebe, mit der sie sich selbst liebt, oder anders: mit der wir uns selbst lieben.

*

Der Brief, den ich heute von Hedda erhalten habe, ängstigt mich. Sie schreibt, dass sie stark erkältet sei, viel huste und auf Geheiss des Arztes das Bett hüten müsse. Übrigens sei es bedeutungslos, sie sei nur etwas schwach und noch bleicher als sonst, aber heiter und guten Mutes. Sie lese viel: Storms Novellen, von denen ich ihr so viel erzählt, und die sie nun alle bis zu Ende lesen müsse, denn sie seien wie ein wundervoller, alter Park mit Marmorbildern und halbverwachsenen Wegen, auf denen man wie verzaubert wandle, während der Mond hinter den Kronen der Bäume stände und die Nachtigallen riefen. – Dann die Gedichte von Verlaine in der Auswahl von Coppée, die ich ihr geschickt, und die so süss und todestraurig seien, dass sie nicht aufhöre Mitleid zu haben mit diesem armen Dichter, dem sie einmal die Hände auf seine müden Augen legen möchte, dass er dann vielleicht ein wenig glücklicher würde.

Im Übrigen habe sie so viel Zeit, an mich zu denken, und das sei das Schönste an dem Allen. Sie habe keine leere Stunde und male sich jeden der Tage, die wir zusammen gelebt, in all seinen Einzelheiten wieder aus. Ob ich noch wüsste, wie wir zusammen draussen auf dem Balkon gestanden, während die Andern drinnen tanzten und nichts ahnten von unserer Liebe? Wie da die Sterne geschienen hätten und der Roland auf dem Markt so bleich gewesen wäre und wie sein Schwert in dem Mondlicht gefunkelt hätte. Und wie ich ihr da gesagt, dass sie meine Prinzessin sei und ihr so glücklich und so lange, so seltsam lange die Lippen geküsst, dass ihr wie ein Wunder gewesen wäre.

»O diese reichen, reichen Tage – meinst Du, mein Joachim, dass sie noch einmal wieder kommen werden? Mir ist mitunter, als ob sie uns auf immer verloren wären, und als sei dies Alles nun schon so lang vorbei, dass es nur mehr noch eine holde Sage sei. Dann aber ertappe ich mich wieder dabei, dass ich, wie im Traum, mit halber Stimme vor mich hinlache, da ich ja weiss, dass in Zukunft Alles noch tausend mal schöner werden wird, und dann werde ich fast übermütig und möchte laut jubeln und Alles umarmen, was mir unter die Hände kommt, und neulich habe ich sogar das Kind unseres Hausmanns abgeküsst, dass es mich ganz verwundert ansah und schnell zu seiner Mutter lief, es zu erzählen. – Ich denke oft, dass es nicht dauern kann, das Glück ist zu gross. Ich huste wieder heftig und höre wie man kommt, um mir Thee zu bringen. Ich wünschte, mein Joachim, dass Du so viel an mich dächtest wie ich an Dich. Wenn ich es auch nicht verdiene, denn ich bin nur ein törichtes Mädchen, und oft ist es mir wie ein Rätsel, dass Du mich lieben kannst und mich hast küssen können. Du musst mir einmal erzählen, mein Geliebter, was Du am meisten an mir liebst. Ist es das Haar? Oder der Mund? Oder die Hände? Oder die Augen?

Ich glaube fast, es sind allein die Augen, die Du an mir liebst.«

– – – – – –

O Gott, wenn sie nun krank würde, wenn meine Hedda ernstlich krank würde, und ich muss so weit fort sein von ihr und darf sie nicht einmal sehen und nicht trösten? Nein, nein, das darf ja nicht, das *kann* ja nicht sein. Es giebt doch einen Himmel.

*

Es ist ein Nebeltag, und ich kann kaum bis hinab in die Beete des Gartens schauen. In meinem Zimmer ist es so dunkel, dass ich nur mit grosser Mühe lesen und schreiben kann. Aber es lässt mich auch nicht bei der Arbeit, ich schreite so viel unruhig im Zimmer auf und ab, mit lichtlosen Gedanken, und dann bleibe ich am Fenster stehen und lausche in den flutenden Nebel hinaus, und plötzlich ist mir, als schlüge aus der Ferne ein leiser Husten an mein Ohr. Aber es ist Einbildung, ebenso wie die fiebrigen Augen, vor denen ich eben erschrak, als sie so sonderbar durch den Nebel zu mir drangen.

Dies Alles aber lastet auf mir und lässt mich nicht an die Arbeit denken. Wäre doch Hedda erst wieder gesund. Ich habe eine so unbestimmte Angst in mir. Aber das wird wohl dieser totengraue Nebel sein, und mit ihm zugleich wird Alles verschwinden.

*

Heut in dämmernder Morgenfrühe bin ich mit der Dampfbahn an die Ostküste gefahren, um die Sonne aufgehen zu sehen. Es gab noch einige Passagire, die das erste Schiff von Munkmarsch benutzen wollten, um heimkehrend das Festland zu gewinnen. Als ich die Bahn verlassen hatte, begab ich mich auf eine der hügeligen Dünen südlich von Munkmarsch. Diese Dünen sind auch auf der Seeseite mit Gras und Strandhafer bewachsen, denn die Ostwinde, die treffen, sind gelinde. Sie sind wellig, sanft, es fehlt ihnen das Majestätische der Dünen am Westrand. Diese sind romantisch, jene idyllisch.

Von oben halte ich Umschau. In Grau liegt die Welt und Schweigen. Vor mir das Watt, eine bleierne Masse. Die Morgennebel breiten sich darüber, blass, müde sich dehnend, undurchdringbar. Sie verhüllen das Festland, das weit drüben liegt. Der Strand ist öde, kein Vogel, kein Wellenlaut. Kein Klang ringsher als zuweilen ein Geräusch im Hafen von Munkmarsch, wo der Dampfer schwarze Qualmwolken aus dem Schornstein schickt. Hinter mir die Heide. Die Schafe liegen und schlafen noch. Einige käuen schon wieder, aber sie verharren noch in ruhender Stellung. Das zaghafte Piepen mehrerer Vögel im Heidekraut. Sie ersehnen die Sonne.

Am dämmerigen Himmel haben sich graue Strichwolken gelagert. Die Nebel zerteilen sich langsam, langsam, kaum merklich. Immer breiter enthüllt sich die Fläche der See. Jetzt – –

Dicht hinter mir wirbelt eine Lerche jauchzend in die Luft. Siehe, fern über dem Festland, das ich noch immer nur ahnen kann, kommt still und gross aus den Nebeln eine karmoisinrote, strahlenlose, märchenhafte Scheibe. Das Gestirn des Tages. Die Sonne.

Die Nebel nehmen ihren Glanz an: karmoisinrot. Sie ballen sich, es kommt ein kämpfendes Leben in sie, sie rollen ineinander, sie sind wie ein roter Dampf, sie senken sich, – sie zerstieben.

Das Meer liegt klar. Die Küste Schleswig-Holsteins tritt als ein brauner Strich hervor. Auf der See stellt sich ein leises Kräuseln ein. Es ist, als sei auch das Wasser aus seinem Schlummer erwacht. Ein mattroter Streifen läuft glitzernd darüber hin, das Spiegelbild der Sonne. Zwei Möven kommen von Süden her und lachen. Etwas höhnisch, wie schadenfrohe Menschen. Hä hä hä hä hä –! Hinter mir das Zwitschern der Heidevögel. Der Dampfer tutet. Noch einmal. Ein Klingelzeichen.

Er beginnt zu stampfen und löst sich. Er durchschneidet gerade die mattrote Sonnenbahn. Er lässt einen Schaumstreifen hinter sich. Ich sehe ein paar winkende Taschentücher. Ich ziehe das meine und winke gleichfalls. Adio! Adio! –

Die Sonne ist noch immer eine riesige rote Scheibe, aber der Ton der Farbe hat sich allmählich verändert. Es ist jetzt ein Kupferrot, grell, von starker Leuchtkraft, königlich. Die Nebel sind ganz fort. Der Himmel ist klar, stahlblau. Die feinen Strichwolken verziehen sich fern am Horizont. Es wird heller Morgen.

Nun wächst das Kupferrot zum Gold. Nun beginnt das Gold zu triefen, zu strahlen. Meine Augen halten den Glanz nicht mehr aus. Ich muss mich abwenden.

Langsam schreite ich zum Strande hinab und wende mich dem kleinen Hafen von Munkmarsch zu. Schalen von Taschenkrebsen liegen zu meinen Füssen, Muscheln, tote Krabben und allerhand Seetang. Das Treiben im Hafen ist etwas lebhafter geworden. Man verlädt ein Segelschiff. Viel Fahrzeuge sind nicht vorhanden. Die wenigen sind meist alt, plump gebaut, sehr breit, mit geflickten Segeln. Sie haben nichts weiter auszuhalten als die kurzen Fahrten durchs Watt; diese sind nicht von Gefahr.

Eine Weile schaue ich den Schiffern zu, darauf wende ich mich zu dem nahen Gasthof und bitte um Kaffee. Man servirt ihn mir auf der Terrasse, von der aus ich den Hafen und das Watt überblicke. Der Dampfer ist schon zu einem kleinen schwarzen Punkt zusammengeschrumpft. Man kann die Bahn, die er zurückgelegt hat, in der Luft an einem Qualmstrich genau verfolgen.

Hä hä hä hä hä hä hä hä hä –! Ich erschrecke. Eine Möve saust dicht an dem Geländer der Veranda vorbei. Das Tier weiss, dass ich Speise und Trank vor mir habe. Es hat Hunger und bittet. Ich werfe ihr einen Semmelbrocken zu. Sie fängt ihn nicht, aber sie hat ihn wohl bemerkt. Sie neigt sich zurückkommend in wiegendem Fluge zur Erde und schnappt ihn auf. Kreischend entflieht sie.

Das Watt dehnt sich in lebloser, schmerzlicher Melancholie. Es hat keinen Klang, kein Leben. Auch die strahlende Sonne, die über ihm liegt, kann ihm kein Leben verleihen. Das Watt ist das Stiefkind des Meeres. Es trauert immer. Nachdem ich das Frühstück verzehrt und noch eine Weile beschaulich auf das Wasser hinausgelugt, ohne irgend etwas Besonderes zu entdecken, mache ich mich wieder auf den Weg. Ich wandere über die Heide zurück, ohne einen bestimmten Weg zu benützen. Braune Erika ringsum, noch ohne Blüten, zuweilen eine blaue Glockenblume oder eine blaurote Distel. Auf einem Heidehügel liegt eine jugendliche Gestalt ausgestreckt. Ein Bursche, der ein paar scheckige Ziegen hütet.

Er liegt auf dem Rücken und bläst auf einer selbstgefertigten Flöte ein Lied in die Höhe. Er hat die Beine über einander geschlagen und baumelt mit dem einen hin und her. Er hat mich noch nicht bemerkt. Ein Ende von ihm entfernt rufe ich:

»Ohoi!«

Er senkt die Flöte und richtet sich langsam auf, wie im Traum. Er schiebt den alten Filz, dessen Krempe er niedergezogen hat, auf dem Kopf zurecht und sieht mir still entgegen, indem er die eine Hand über die Augen breitet. Ich trete zu ihm. Er ist vielleicht 10 Jahre alt, von schönen, braunrot gebrannten Gesichtszügen und treuen Augen. Ich biete ihm die Hand. Er steht auf und giebt mir die seine, indem er den Hut lüpft. Jens Brink heisst er und wohnt in Munkmarsch. Er muss die Ziegen melken. In einem Steinkrug neben ihm steht die Milch, er will sie eben heim tragen.

Nachdem ich noch einige Fragen an ihn getan, trennen wir uns wieder. Er schreitet nach Munkmarsch hinab, ich wandere weiter nach Westen. Bald taucht ein kleines, ganz kleines Gehölz vor mir auf, der Viktoriahain. Es ist ein Komplex von verkrüppelten Kiefern mitten auf der Heide. Ein trostloser Anblick, kein einziger Baum so wie er sein sollte. Der Westwind hat alle Stämme nach Osten gebeugt, die zierlichen Stämmchen sind wie bucklige Greise. Laub tragen sie meist nur auf der Ostseite und auch da überaus spärlich. Der Hain birgt ein Restaurant, wo man Milch und rote Grütze bekommt. Ich durchschreite ihn, das Restaurant ist noch geschlossen. Das arme, schwache Laub da raschelt im leichten Winde neben mir und sehnt sich unter einen gedeihlicheren Himmel. An einem Fenster des Restaurantgebäudes hat sich ein Laden gelockert und klappt hin und her. Sonst ist es stille.

Am jenseitigen Rand verlasse ich den Hain. Den Schienen der schmalspurigen Dampfbahn folgend wandere ich nach Westerland zurück, wo noch vereinzelte Hähne rufen und sich die frühesten der Kurgäste eben von ihrem Lager erheben.

*

Gottlob, Hedda schreibt, dass es ihr wieder bedeutend besser ergehe, und ich bin nun ganz ruhig. Sie darf schon wieder auf der Veranda sitzen und hustet fast gar nicht mehr. Nur muss sie noch unendlichen Thee trinken, und das sei entsetzlich.

Übrigens habe sie die Empfindung, dass ihr ganzes Wesen ein anderes geworden sei, seitdem sie mich liebe. Nur zu oft sei sie traurig, wenn sie so grosses Verlangen habe. Es sei den Eltern längst aufgefallen, und sie haben sie schon mehrmals gefragt, was mit ihr sei, was sie denn auf dem Herzen habe. Sie habe nichts gesagt. Aber wenn ich nicht bald käme, hielte sie es nicht mehr aus. Sie müsse sich mitteilen, das sei ihr schon als Kind (was sie eigentlich noch immer sei) Bedürfnis gewesen. Auch glaube sie, dass die Eltern bereits Alles ahnten. Ob ich das Examen bestimmt noch im Herbst machen könne? Wenn nicht, so solle ich getrost vorher kommen, ihr zu Liebe, denn sie müsse mich bald wiedersehen, sie würde sonst wieder krank. Ich solle nur immer an sie denken, es gäbe sicher viel schönere Mädchen auf Sylt – ob ich die auch im Mondlicht küsste und meine Prinzessinnen hiesse?

»Ich habe oft in diesen grauen Tagen (wir haben seit mehr als einer Woche keine Sonne gesehen) eine sonderbare Angst, dass ich Dich schnell wieder verlieren könne. Dann möchte ich verzagen, und mir ist, als würde ich nie wieder froh. – Sage mir doch, mein Joachim, liebst Du mich noch?«

*

Die Nacht war milde. Ich ging ans Meer und wanderte den Strand hinauf. Kein Windzug regte sich nach dem schwülen Tage. Heilige Stille lag über dem Wasser. Draussen befanden sich einige Segelboote vor Anker, eine Seltenheit an dieser Küste. Ein Licht schimmerte von dem einen herüber und zeigte an, dass sich Menschen auf dem Fahrzeug befanden. Sonst war nichts im weiten Kreis, was auf Menschen deutete.

Die Brandung war nur ein Wispern, ein zarter, silberner Klang. Weiter hin lag das Wasser schwarz, leblos und dehnte sich ins Unendliche. Es war nicht zu unterscheiden, wo es mit dem Himmel zusammentraf.

Am Himmel aber blühten die Sterne. Tausend, aber tausend lachende Welten, die so greifbar nahe schienen und doch so unerreichbar waren. Jedes winzige Gestirn war zu erkennen. Die Milchstrasse zeichnete sich deutlich ab. Es war ein Blinkern und Glitzern wie in einer taugenässten Wiese, auf der die Sonne liegt.

Ich stand still auf dem Strande und sah gerade hinan. Ich verlangte empor und hob den Arm um hinaufzufassen. Welche Wunder schliefen dort? Welche Rätsel hüllten jene Fernen ein? Welche Herrlichkeiten? Welche Schmerzen?

Sternschnuppen fuhren am Himmel hin und verloschen. Bei jeder tat ich einen Wunsch, und immer war der folgende kühner als der zuvor. Plötzlich löste sich ein roter Meteor und sank. Langsam zog er durch die Nacht, in weitem, stillem Bogen. Mein Herz fing an lauter zu schlagen, ich tat ängstlich einen Schritt nach vorn. Wohin strebte dieser wunderbare Stein? Es blieb ein rötlicher Glanz zurück in der Bahn, die er durchmass. Nun war er ganz nahe der Erde ... er kam ... nun fuhr er ins Meer, weit draussen, und war tot.

Es gab mir einen Stich, als er versank. Es drängte mich zu schreien, um Hilfe, um Erbarmen, um Menschen, was weiss ich. Ich hatte fest erwartet, dass der Stein auf mich zukommen würde, dass er mir irgend etwas verhiess. Aber er versank fremd und stumm im Meer.

Auf einen Augenblick war mir, als würde die Nacht von einem Klang erfüllt, der über das Wasser irrte.

Was war das? Diese Stimme, wem gehört diese Stimme ... diese Stimme ...

Allmächtiger Gott, Hedda!!

Hedda, wo bist Du? Lebst Du? Was ist Dir?

Tausend Ahnungen stürmen auf mich ein, ich werde ihrer nicht Herr. Mir ist wie einem kranken Kinde, und ich habe Angst vor der Zukunft.

Aber nein, ich bin töricht. Ich bin ein Kind. All diese Angst ist Narrheit. Ich will lachen, es wird ein verteufeltes Lachen. Ich fiebere, ich muss mich erkältet haben, ein paar mal überläuft mich Frost. Zum Himmel sehe ich nicht mehr, ich wende den Blick nicht vom Sande vor mir; so schreite ich über die Dünen nach Haus, allmählich werde ich stiller.

Zu Haus lege ich mich nieder, aber ich finde keinen Schlaf«

*

Ein Leiermann zieht durch das Dorf mit sehnsüchtigen Melodieen. Sie dringen in mein Zimmer und schlagen mich nieder. Die Dämmerung webt in allen Ecken, das Christusbild über dem Sofa sieht mit weinenden Augen herab. Die Welt wird still, nur die schmerzlichen Lieder, die schmerzlichen Lieder. Ich bin verlassen von Allen, die Stunden dieser Tage sind leer. Meinem Verlangen sind die Flügel gebrochen und die Hoffnung ist tot.

Lieder, wunderbare, todessüsse Lieder, hört auf mit klagen, ihr reisst mir das Herz entzwei, ich gehöre der Welt.

*

Die Düne, auf der ich liege, ist die höchste ringsher. Ich blicke auf die sonnenbeschienene, in hoher Flut schäumende See und gebe mich gedankenfreier Ruhe hin. Bisweilen schliesse ich die Augen. Dann luge ich wieder hinaus. Der Dünensand ist glühend heiss. Es muss ungefähr Mittag sein, die Sonne hat wohl ihren höchsten Stand erreicht.

Während ich einmal auf den Strand niederblicke, bemerke ich erschreckend, wie aus der Brandung ein weisser Leib auftaucht. Ich denke zunächst an eine anschwemmende Leiche.

Aber die schlanke Gestalt regt sich. Sie steigt an den Strand, biegt die Arme nach hinten und wringt sich das Wasser aus dem langen Haar. Ein junges, nacktes Weib mit grossen Augen, die wie zwei grüne Flämmchen brennen. Ihre Glieder sind so duftig wie der schnell zerfliessende Schaum des Meeres. In ihrem Haar hängen grüne Gräser, ihre Lippen sind rot wie Granaten, braun das Haar. Sie blickt nach rechts und links den Strand hinauf. Da sie nichts Verdächtiges wahrnimmt, streckt sie sich wohlig im Sande hin und dehnt ihren alabasternen Leib. Sie legt die Hände unter das Haupt, ihre leuchtenden Augen gehen in den Himmel. Mit den Spitzen der kleinen Füsse spielt sie im Sand. Wer ist sie?

Die Flut steigt höher. Jetzt leckt eine Welle zu den Füssen der Ruhenden empor. Sie springt auf. Ein Beben läuft über sie hin, ihre Augen trüben sich, es ist als gleite ein Seufzer aus ihrem Munde. Sie streckt in Angst die Arme nach vorn, als wolle sie der Flut, der sie entstiegen, wehren. Aber das kann sie nicht. Die Wellen schiessen höher, sie kann nicht entfliehen. Ein paar einsame Tränen in ihren Rätselaugen. Sie sinkt in die Kniee, zittert, zittert. Eine Woge kommt, schlägt über sie fort und nimmt sie mit sich in die brausende Ewigkeit. Noch einmal sehe ich ihr einzig schönes, blasses Gesicht aufglänzen. Dann ist sie verschwunden.

Ich reibe mir die Augen. Hoch über mir schreit ein Krake. Pühk – pühk – pühk – pühk – pühk – pühk –. Ganz fern über die sengende Heide fort schlägt die Westerländer Turmuhr die Mittagsstunde.

*

Drei gute Rezepte weiss ich:

1. Mische milchblassen Neid mit nächtlichem Strebertum und koche das Ganze in Bierdunst, so hast Du die Speise des Philisters.

3. Mische das Lächeln der Verbindlichkeit mit vielem persönlichen Stolz und servire mit einem dünnen Thee aus moralischen Zweifelblättern, so hast Du die Speise des Durchschnittsmenschen.

3. Mische die Weisheit mit der Liebe und tränke das Ganze in Qualen, so hast Du die Speise des Genies.

*

Kennst Du die sommerliche Heide im Mittagssonnenbrand? Es giebt keine tiefere Einsamkeit.

Die Erika blüht. Millionen von lila Blütenglöckchen dehnen sich ins Endlose. Der Himmel ist blau, die Sonne steht über Deinem Haupt und sengt auf Dich nieder, Du bist matt und sinkst willenlos hin auf das lächelnde Blütenbett.

Schläfrig schaust Du über die glänzende Fläche fort, auf der die Hitze in tanzenden Wogen zittert. Du siehst nichts als den sprühenden Himmel und die träumende Blütenherrlichkeit, Du vergisst die Menschen, die ferne sind, Dein Trachten und Dein Verlangen schläft ein.

Ein schwerer Duft umhüllt Dich und lähmt Dir die Sinne. Du lässt das Denken, Du fühlst nur Licht, Licht, Sonne, Sonne, Natur, Natur, – kein Wunsch wagt sich an Dich heran, Du bist im Frieden des Himmels.

Du spielst mit einem Grashalm und steckst ihn träumend in den Mund. Ein leises, unaufhörliches Summen ist um Dich in der Luft von unzähligen Insekten. Jetzt stärker, jetzt schwächer. Einmal ist ein dicker, alter Brummer fortwährend an Deinem einen Ohr – surrr – surrrrr – surrrrrrr – ssssss – – –. Du wehrst ihn mit der Hand ab. Er flieht. Surrrrrrr.

Du schaust einem goldgrünen Laufkäfer zu, der durch die Erika hastet und nach Beute sucht. Die Augen werden Dir so schwer, so schwer. Ah – Du neckst – einen Marienkäfer, der – an einem Halm – emporklettert. Du – hörst – in der Ferne – – Ferne – einen – Tölpel – – schreien – piah – piah – piah – piah – piah – piah – pi – – – –

Du bist eingeschlafen.

Ganz, ganz weit drüben auf der Heide hebt ein Stier zu brüllen an. Du hörst ihn nicht mehr.

*

Heut war ich so übermütig, dass ich nicht wusste, was ich vor Übermut beginnen sollte. Ich hätte am liebsten den ganzen Tag nicht aufhören mögen, Lieder zu singen, und als mir das Dienstmädchen den Thee brachte, habe ich Polka mit ihr getanzt (da sie Walzer nicht konnte). Ich hätte gewünscht, dass in diesem Augenblick Hedda in die Tür getreten wäre. Dann hätte ich doch wieder ihr silbernes Lachen gehört und den Klang ihrer klaren Stimme:

»Ja, das ist mein Joachim. So ist er nun. Wenn ihm die Freude überschäumt, möchte er schnurstracks in den Himmel fliegen. Aber wenn die Trauer ihn erfasst – dann sieht er nichts als Schatten und möchte sterben.« –

Aber darf ich denn heut nicht übermütig sein? Meine Liebste hat mir geschrieben, und den kostbarsten all ihrer Briefe: Sie ist wieder vollkommen hergestellt, es war nur eine leichte Erkältung. Sie hat mir eine Fotografie geschickt, in dem graugrünen Radelkostüm, das sie damals im Walde trug, als die goldenen

Sonnenkrönchen auf ihrem Haupte lagen. Ich erkenne sogar die zierliche Brosche wieder und die Schleife am Hut.

Hedda ist gesund, gesund! Nun will ich denjenigen sehen, der mir verbieten will, übermütig zu sein!

*

Ewig ist das Meer in ewigem Wechsel. Kein Tropfen gleicht dem andern, keine Welle der andern, von Sekunde zu Sekunde ändert es seine Töne.

Es dehnt sich still wie ein flacher Teich und die Sonne liegt darauf. Kein Windzug kräuselt seine Bahn, die hellblau glänzt unter dem sommerlichen Himmel. Nur hier und da glimmert ein Flecken Goldes auf, wo die Strahlen der Sonne sich brechen.

Die Menschen steigen in weissbewimpelte Boote, die sie mit Rosen kränzten, und treiben langsam die lachende Küste hin. Nun lenken sie auf die Höhe hinaus, flache Furchen hinter sich lassend. Die Rosen verglühen, die weissen Wimpel werden zu kleinen Punkten, später verlöschen sie ganz. Die Lieder der Menschen werden leiser; nur vereinzelte helle Töne klingen noch herüber; nun schlafen auch die ein. Die Boote wiegen sich in Licht und Wonne, es verlangt die Menschen hinauszusteigen über den Bord, um auf der sonnigen Bahn sich singend zu ergehen. Aber sie dürfen es nicht, hier versagt ihre Macht. Warum trägt die Bahn die Füsse der Menschen nicht? Sie trug nur einmal eines Menschen Füsse und niemals mehr.

Ein weisses, feines Wölkchen steigt am westlichen Horizont herauf, aber die jubelnden Menschen in den rosenbekränzten Booten sehen es nicht. Es wird grösser, dunkler, plötzlich ist es eine finstere Wand. Ein Windstoss fährt über die Bahn. Ein paar Wogen klatschen hoch auf. Das Wasser nimmt eine Farbe an wie Blei. Huih – ein Stoss durch die Luft, dass alle Wimpel knattern. Der Gesang der Menschen verstummt. Sie fassen sich bei den Händen und blicken sich mit furchtsamen Augen an. Nur Ein Gedanke lebt in Allen. Sie spähen nach der Küste, aber sie entdecken sie nicht. O die Küste ist weit, weit, und die Hülfe der Menschen auch ...

Ein merkwürdiges, gelbliches Zwielicht verbreitet sich in der Luft. Der westliche Himmel ist schwarz wie Kohle, die Sonne verhüllt; hier und da durch einige Wolkenritzen dringen noch ihre Strahlen, aber kraftlos, matte Linien auf dem wogenden Wasser malend. Die Menschen rudern stumm und mit verzweifelten Geberden der Küste entgegen, die sich nicht zeigen will. Einige halten die Hände gefaltet und beten. Ein Weib hat das Haupt in den Schoss geneigt und weint. Ein junges Mädchen und ein Jüngling, beide lustige Kränze im Haar, halten sich fest umschlungen. Ein Kind schreit nach seiner Mutter.

Jetzt die erste Sturzwelle. Weiss, blendend spritzt der Schaum auf. Die feinen, zahllosen Tropfen wirbeln durch die Luft und sinken wieder in die schäumende Flut. Der Wind bohrt sich ins Wasser, reisst Täler auf und bildet Höhen. Immer wilder überschlagen sich die brausenden Wogen.

Die Menschen, mit erblichenen Gesichtern, rudern, dass ihnen das Blut unter den Nägeln hervorrinnt. Sie rufen sich ermunternde Worte zu. Aber Einer nach dem Andern erlahmt. Sie vermögen nicht mehr Kurs zu halten. Sie haben die Richtung verloren. Ihre Boote sind willenlos in diesen Mächten. Sie lassen die Ruder sinken. Sie klammern sich aneinander und geben sich dem Willen des Himmels preis. Ihre Augen brennen aus tiefen Höhlen und sind weit aufgerissen. Ihre durchnässten Leiber beben. Jedesmal wenn eine Welle über sie hinwegschlägt, schreien sie auf. Regen prasselt auf sie nieder. Ein paar Meervögel umflattern sie lüstern. Die Wimpel sind längst ins Meer gesunken, die Rosengewinde auch. Sie irren hier und dort, trostlose Trümmer verrauschter Lust. Weisse Wimpel und rote Rosen im schwarzen Meer.

Eine Riesenwelle. Hier bricht ein Mast. Eine Planke löst sich. Fluchen, Schreien, Beten. Vorbei. – –

Am Abend liegt das Meer wieder still und gut, wie ein keuscher Traum. Die Sonne ist versunken, hellrote Dämmerung dehnt sich über die Fläche. In den mattbeleuchteten Dünengräsern spielt ein weicher Wind und flüstert sanfte Melodieen. Viele Menschen schreiten den Strand hinab und äugen nach Westen. Aber keiner entdeckt etwas neben dem Himmel und der Flut. Nur ein paar rote, halb entblätterte Rosen kommen herbeigeschwommen und betten sich auf den weissen Sand. Harrende, zitternde Hände nehmen sie auf. Das ist das Ende.

*

Ich glaube, dass ich niemals so nahe daran gewesen bin, ein guter Mensch zu werden, als in dieser Zeit. Ich will mir damit nicht einreden, dass ich im Begriffe sei, ein guter Mensch zu werden. O nein. Wann wird man das? Aber meine Gedanken sind klar geworden und treffen sich alle in einem goldenen Ziel, das zwei sagenhaft schimmernde Sterne hat und weisse, gütige Hände. Wenn ich bedenke, wie ich früher tausend Dinge mit Leidenschaft begann und dann in schnellem Überdruss wieder von mir warf. Wie ich niemals eine wirkliche Ruhe fand, aus diesen Armen in jene verlangte, nach allen Blüten auf einmal griff und Alles im Kopf mir wüst und zerfahren war. Jetzt fliesst mein Blut in stillen Adern, und die Begier nach dem flackernden Feuer ist mir fremd. Ich lasse die Menschen an mir vorüberhasten und sehe sie kaum. Und sitze ich in meinem einsamen Zimmer bei der Arbeit, so verlange ich nicht mehr unter die Menge wie einst, sondern reiche und gute Gedanken, wie ich sie früher niemals hatte, ziehen herbei und machen mich glücklich; und es ist mir oft, als stünde jemand hinter mir und sähe mir über die Schulter auf die Arbeit. Dann legt es mir sanft die Hand auf die Stirne, und ich höre es leise flüstern:

»So, so ist es gut.«

*

Heut regnet's in Strömen, den ganzen Tag, den ganzen Tag. Dabei pfeift ein Wind, dass alle Fenster beben. Die Strassen sind verödet. Alles sinnt Trübsal.

In einen Gummimantel gemummt, schleiche ich, über mir einen nutzlosen Regenschirm, an den Strand. Das Meer heult, gepeitscht vom Sturm und den Güssen der Wolken. Wasser, nichts als Wasser. Schräge, wehende, endlose Striche senken sich triefend in die graue Flut. Keine Möve, kein Mensch, kein Laut ausser dem Pfeifen des Windes, dem Brausen der Brandung, dem monotonen Gesang der Regenstriche. Von den Dünen ziehen sich breite Rillen zum Strande herab, in denen kleine Bäche rieseln.

Ich stehe auf dem Sande und schaue hinaus. Mit einemmal fliegt etwas an mir vorbei, lautlos, riesenhaft, hager. Was war das? Es schien, dass es Frackschösse hatte. Ein Kellner? Irgend ein Flüchtling? Ein Geist? Es war unheimlich. Ich reisse die Augen auf, es ist verschwunden. Wohin?

Da jäh ein surrender Laut. Es setzt rückkehrend von neuem an mir vorbei. Zum Teufel! Mir stockt das Blut auf einen Augenblick. Ich habe wieder nichts unterscheiden können. Und wieder ist es verschwunden in dem triefenden Regeneinerlei.

Eine Weile bleibe ich noch an dem gleichen Fleck, hoffend und bangend, dass es noch einmal wieder erscheine, in der festen Absicht, darauf zuzuspringen, wenn es nicht gar so grauenhaft ist, mindestens aber es anzurufen. Ich warte vergebens. Es kommt nicht wieder. So steige ich, vom Sturm umpfiffen, die Dünen hinauf und begebe mich in das Dorf zurück.

Ich trete in das grosse Café, das in der Strandstrasse liegt. Alle Tische sind besetzt, man raucht, trinkt, liest, lacht, spielt Karten. Ein Gewirr von Stimmen schwimmt durch den Raum, in dem eine dicke Atmosfäre von Bierdunst, Zigarrenqualm und nassen Kleidern herrscht. Mir fällt auf, dass viele Augen auf mich gerichtet sind, die einen mit Staunen, andere mit Entsetzen. Einige halten mit Sprechen inne, da sie mich erblicken, und glotzen mich stupid an. Ich nehme an einem Tisch Platz, an dem schon ein junges Ehepaar sitzt, vor dem ich mich höflich verbeuge.

Auch sie sind erschreckt; mir will scheinen, dass sie erbleichen. Sie hören mit Plaudern auf und werden verlegen. Dann erheben sie sich schnell, verneigen sich und verschwinden. Was soll das Alles heissen? Sind die Menschen närrisch geworden oder bin ich es? Ich blicke um mich. Jetzt ist nicht ein Auge in dem ganzen Raum, das nicht entsetzt auf mich gerichtet wäre. Es ist totenstill geworden. Keine ungezwungene Stimme mehr. Die wenigen, die sprechen, flüstern. Ja was soll das denn heissen? Was ist denn mit mir geschehen? Ich bin doch kein Scheusal oder Wunder. Bin ich nicht ein ganz gewöhnlicher Mensch wie Ihr Alle? Ich verstehe dies nicht.

Ich will den Kellner fragen, was die Menschen gaffen. Was an mir Sonderbares sei. Ob ich irgend etwas an mir hätte, was die Leute erschrecken könnte. Aber kein Kellner lässt sich blicken. Ich merke wie sämtliche Leute in meiner Nähe nach und nach sich erheben und gehen. Es ist schauderhaft.

Ja, wenn die Menschen denn irgend etwas Greuliches in mir erblicken oder ahnen, so will ich ihnen meinen Anblick doch entziehen.

Ohne etwas genossen zu haben stehe ich auf, nehme Stock und Hut und schreite dem Ausgang zu. Dabei fällt mein Auge in einen grossen Spiegel zur Seite. Ich mache ein Moment halt und sehe mich an. Ich sehe genau aus wie immer. Kopfschüttelnd verlasse ich das Lokal. Dabei ist mir, als atme jetzt hinter mir Alles befreit auf.

Während des kurzen Weges nach Haus denke ich nicht mehr an die Leute im Caféhaus, sondern sehe wieder in Gedanken die hagere Gestalt an mir vorüber huschen. Was soll das nur Alles bedeuten? Ist die Welt aus den Fugen gegangen?

Zu Haus schliesse ich mich ein und trete zunächst wiederum vor den Spiegel, um mich noch einmal genau zu mustern. Es ist absolut nichts, aber auch gar nichts Auffallendes an mir.

»Ach was« denke ich und nehme mir ärgerlich ein Buch vor. Aber die Gedanken irren immer wieder ab. Immer wieder diese unheimliche Gestalt und die entsetzten Menschen im Café. Endlich fühlte ich mich müde, strecke mich auf die Chaiselongue und verfalle in tiefen, langen, ruhigen Schlaf.

Erst am Abend erwache ich, gekräftigt, wie befreit. Mein erster Blick fällt durch das Fenster. Der Regen hat auf gehört, die Wolken sind verschwunden, der Himmel ist klar. Ich erhebe mich und begebe mich, an den Strand. Kein Mensch mehr staunt mich an. In einer der Restaurationshallen längs der Wandelbahn sehe ich einen Bekannten, den Referendar P. sitzen. Ich gehe zu ihm hinauf, wir schütteln uns die Hände, und ich setze mich zu ihm. Sofort beginne ich:

»Hören Sie mal, P., heut ist mir etwas passirt, für dessen Erklärung ich sofort eine Million gäbe, wenn ich sie hätte. Stellen Sie sich vor: Ich trete während des Nachmittags in das Café in der Strandstrasse, um irgend etwas zu geniessen, – gafft mich da wie mit einem Ruck die ganze Menschenbrut wie etwas Entsetzliches an, wird stumm wie vor einem Geiste und flüchtet. Ich denke mir –«

Der Referendar unterbricht mich? indem er mich starr anblickt:

»Was, das waren – –?«

»Befanden Sie sich etwa auch in dem Lokal? Waren Sie auch unter der blödsinnigen Menge?«

»Sagen Sie, Freund, Sie scherzen doch, das waren Sie doch nicht?«

»Wer soll es denn sonst gewesen sein?«

»Das war doch – –«

»–?«

»Das war doch – – das war doch – der – – der – – – Tod –?«

»Der Tod?!«

Ich glaube nicht recht zu verstehen.

»Es sah furchtbar aus. Wie er hereintrat, gekleidet ganz wie ein anderer Mensch; aber dies gelbe, fleischlose Gesicht, der haarlose Schädel und die toten Augenhöhlen. Und die langen, knochigen Hände ...«

Es schauderte ihn in der Erinnerung.

»Sie sollten nicht darüber scherzen« fügte er ernst hinzu. »Seien Sie froh, dass Sie es nicht mit erlebt haben. Wir haben es alle noch nicht verwunden. Es war zu grässlich.«

Eine Weile bin ich still. Was soll ich entgegnen? Soll ich lachen? Ich kann nicht. Soll ich irgend einen Scherz machen? Ich kann nicht. Endlich sage ich, nur um etwas zu sagen:

»Ja, ich bin in der Tat froh, dass ich nicht dabei gewesen bin.«

Dann verabschiede ich mich kurz, zu dem Befremden des Referendars, der offenbar nicht recht klug aus mir geworden ist. Ich wandere einsam den Strand entlang, und nachdem die tiefe Dunkelheit herauf gekommen, strebe ich direkt nach Hause, ohne der Menschen zu achten, die mir begegnen. Ich schreite bis in die Nacht hinein in meinem Zimmer auf und ab. Endlich lege ich mich, ohne mich entkleidet zu haben, aufs Bett und schlafe allmählich ein.

Am folgenden Morgen erwache ich ruhiger. Wenn man in meinem Beisein von der rätselvollen Begebenheit spricht, verhalte ich mich schweigend. Wollte ich sprechen, würde man mir ja doch nicht glauben, man würde mich höchstens auslachen. Auch von der Vision, die ich während des Regens am Strande gehabt habe, erzähle ich Keinem, denn es kann sie mir doch Keiner deuten.

Was soll ich denken und was soll ich tun?

*

Die reichste, die heiligste Stunde, die mir der Himmel je beschert hat, liegt in jenem Abend, an dem ich zum ersten mal den Mut fand, Heddas Lippen zu küssen.

Wir hatten mit Bekannten einen Ausflug auf unsern Rädern gemacht und wir beide zumeist geschwiegen, denn es war schon ein brausendes Vorgefühl in uns für das Wunderbare, das kommen musste. Ich fühlte, wie Du es zu vermeiden suchtest, mich zu berühren, und als ich einmal, aus dem Sattel springend, Deinen Arm streifte, sahen Deine Augen mich an, als ob sie nach Hilfe suchten.

Auf dem Heimweg, als die Sonne hinter den Bäumen versank und all die kleinen Geräusche des Waldes doppelt vernehmlich wurden, hatten wir uns von den Andern verloren. Wir führten die Räder, da der Weg zu sandig war, und sprachen fast nichts. Ein paar Krähen zankten sich in einer der Kiefern und flogen dann kreischend fort ins Abendrot. Hin und wieder brach ein mürber Zweig tiefer in den Bäumen.

Wir kamen auf eine kleine Lichtung, die von jungen Eichen umstanden war. Ich bat, dass wir uns hier ein wenig ruhen möchten, und wir streckten uns nebeneinander ins Gras. Noch immer mochten die Worte nicht kommen, mir war die Kehle wie zugeschnürt, und ich meinte, dass ich Dein erregtes Herz schlagen hörte. Ich wagte nicht, in Deine Augen zu sehen.

Da bemerkte ich, dass dicht neben mir eine schöne, blaue Blume blühte. Ich brach sie und reichte sie Dir. Du nahmst sie und stecktest sie behutsam an die Brust.

Ich sah dem zu, und dann schaute ich langsam zu Dir auf, mit einem Lächeln, in dem eine Bitte lag. Mir war, dass Du ein wenig bleicher würdest und leise bebtest. Deine Augen wurden seltsam gross und füllten sich mit Staunen. Dann aber flog ein glückliches Glänzen um Deinen Mund, und während ich mich zu Dir hinüberneigte, fühlte ich noch, wie sich Deine Augen schlossen, willenlos, als umfinge Dich ein holder Traum. –

Als ich dann Deine Lippen liess und Du mich von neuem tief erstaunt ansahest, als ob Du es noch nicht fassen könntest, dass dies Alles eine Wahrheit sei, warst Du es, die zuerst das lange Schweigen brach.

»Joachim« sagtest Du leise, mit einem Klang so wunderbar, als ob er die Liebe selber sei.

»Hedda« sagte ich »Meine Hedda.«

Dann legte ich den Arm um Dein Leibchen, und Du schmiegtest wie ein liebendes Kind den Kopf an meine Brust. So sahen wir still in den tiefen Wald, in dem die Schleier der Dämmerung woben, verwehte Glocken kamen aus einem fernen Dorfe herüber, und es war Alles gut.

*

He .... der Meteor .... die weinende Stimme über dem Meer .... Hedda .... Hedda ....

*

Das sind doch Pauken und Trompeten? Sind das nicht Pauken und Trompeten? Oder ist es etwas Grünes, etwas .... O wenn ich mich nur erst rühren könnte oder weinen oder rufen oder etwas zertrümmern, etwas zerdrücken … oder .... Allmächtiger Gott, werde ich toll? Warum kann ich mich nicht regen? Warum liege ich auf dem Sofa und starre in die Luft, und warum ist Alles so grün, so merkwürdig grün um mich her und so laut, so grün, so laut, so .....

Ich habe eben die Nachricht erhalten, dass Hedda plötzlich gestorben sei. Hedda ist tot. Hedda ist tot – aber dennoch lebt sie, ich weiss genau, dass sie lebt, sie muss ja leben, denn ich lebe ja auch.

Hedda ist tot. Ich weiss nun sicher, was ich tun werde: ich werde mir eine weisse Villa kaufen mit nichts als weissen Gemächern und mir ein blutrotes Kleid anlegen und darin durch die weissen Gemächer wandeln und werde vor mich hin flüstern: O wie ist das Leben süss … o wie ist das Leben süss … o wie ist das Leben süss … o wie ist das Leben süss. Dann werde ich noch etwas anderes tun. Ich werde den lieben Gott bitten, mir den Weg in das Reich der blauen Raben zu zeigen. Die blauen Raben sind ja die Vögel der irdischen Erkenntnis. Sie hocken auf goldenen Kiefern in einem weiten Wald und jubeln hübsche, aber heisere Leichenliedchen, und aus ihren kleinen Augen rinnen blutige Tränen der Freude. Ihre Lieder aber haben alle nur einen einzigen Text, der geht so: O wie ist das Leben süss … o wie ist das Leben süss … o wie ist das Leben süss.

Dann giebt es noch einen andern schönen Platz. Das ist der Kreis der zukünftigen Wunder, die dort schlafen und auf ihre Enthüllung warten. Es springen allerhand kleine mystische Deutungen auf ihnen herum, sind lustig und singen: O wie ist das Leben süss … o wie ist das Leben süss … o wie ist das Leben süss … o wie ist das Leben süss.

Hedda ist tot, meine süsse Hedda ist nun tot; was will dieses schwarze Pferd, das über die Heide stürmt? Ich habe ja die Nachricht schon, Dolly, ich weiss ja schon alles … sei still … o wie ist das Leben süss.

*

Abends. Hurra! Hurra!

Nachmittag fühlte ich mich elend wie ein räudiger Hund, den man in die Weichen getreten hat. Alles war wieder grün. Ich schlich hinaus, ich musste das Meer sehen, sonst wäre ich gestorben. Die Menschen blickten mich gross an, ich musste wohl sehr schlecht aussehen. Auf der Wandelbahn am Strande verlor ich plötzlich Alles aus den Augen, mir war, als ob ich sprang, ganz hoch, dann fiel ich. Ich spürte noch, wie mein Schädel auf irgend eine eiserne Kante flog.

In einer Strandhalle wachte ich auf, man hatte mir den Kopf verbunden. Der Arzt stand neben mir und fragte:

»Wie fühlen Sie sich?«

»Wundervoll« sagte ich »Alles ist grün.«

Er schüttelte den Kopf.

»Ist es bedenklich?« fragte ich.

»Dieser Zustand wird bald vorübergehen« erwiderte er.

»Das ist sehr gut, und ich hoffe, er macht einem besseren Zustand Platz. Jetzt aber lassen Sie uns nach Hause gehen. Darf ich Sie zu einer Flasche alten Cognac einladen?«

»Machen Sie doch keine Torheiten, B. Was haben Sie nur? Sie waren doch sonst ein vernünftiger Mensch. Wenn Sie irgend etwas Trübes erfahren haben, so beissen Sie die Zähne zusammen und zeigen Sie sich als Mann. Jetzt gehen Sie nach Haus und geniessen Sie etwas Stärkendes, Eier, Schinken –«

»Cognac –«

»Verrückter Mensch, wenn Sie nicht mit Ihrem Cognac aufhören, bringe ich Sie ins Tollhaus.«

»Doktor, Doktor, da gehöre ich hin.«

»Sie gehören dahin, wo es keinen Alkohol giebt. Wie kann man so jung schon einem solchen Laster fröhnen.«

»Laster fröhnen« ist gut. Also Schinken und Eier –«

»Und dann ruhen Sie sich, und wenn Sie müde sind, legen Sie sich nieder. Morgen früh komme ich mit vor und sehe nach dem Kopfverband. Adieu. Seien Sie vernünftig.«

»Adieu, Doktor. Schinken und Eier, Schinken und Eier und keinen Cognac. Holla, jetzt fängt das grosse Glück erst an. Schinken und Eier.«

*

Nachts 2 Uhr 35 geht es ab in das Reich der blauen Raben. Die Sachen sind gepackt. Ich habe mir den roten Anzug angelegt; vorzüglich. Es ist bald Mitternacht, ich werde mich nicht ins Bett begeben, sondern eine energische Petition aufsetzen an den blauen Oberraben, dass man mich sofort in das Konsortium der blauen Raben aufnimmt, dann ist die Angelegenheit erledigt. Eigentlich möchte ich noch einmal an den Strand gehen, bevor ich reise, aber ich wage es nicht. Die Sterne regen mich so auf und die Schreie der Vögel, die über das Wasser ziehn, und das Brausen der Wogen. Ich bin mir schuldig, mich zu schonen, sonst geht es mit mir vielleicht noch früher zu Ende, als bis ich im Reich der blauen Raben erscheine. Wenn ich die Petition zu Ende habe, wird die Zeit zur Abfahrt wohl da sein.

*

Der Kurs geht nach Osten. Auf dem Meere ruht noch die kühle Nacht, ich stehe auf dem Deck des Schiffes und blicke rückwärts. Nur das Licht auf dem Leuchtturm von Kämpen ist zu unterscheiden, sonst nichts als Finsternis.

Unter mir stampft die Maschine des Schiffes. Aus dem Schornstein steigt ein rötlicher Rauch. Die Nacht ist windstill und reich an Sternen. Da kommt es über das Wasser herbeigeschritten, schlank und müde und bleich, mit hängenden Schultern, in einem sanften Silberlicht. Hedda – was willst Du hier? Siehst Du mich, meine Hedda? Hier bin ich! Hier! Nun hebst Du den Kopf und siehst mich an, aber mit fremden, trüben Augen, – Hedda, kennst Du mich denn nicht? Sag, kennst Du denn Deinen Liebsten nicht mehr? Das rote Kleid darf Dich nicht stören, süsses Kind, es ist ja mein Trauerkleid. Warum fängst Du nur an zu weinen? Weine nicht, meine schöne Liebste, weine doch nicht, um mich sollst Du nicht weinen. Sieh, das Leben ist ja so süss ...

Sollte das in der Tat der Anfang vom Ende sein? Ich komme mir vor wie ein rotes Gespenst, und dabei fühle ich doch deutlich, dass ich noch ganz klar denken kann: Ich will doch jetzt in das Reich der blauen Raben fahren und meine tote Hedda küssen.

*

Sylt, mein gutes, schönes, wunderbares Sylt, nun liegst Du hinter mir. Auf Dir liegt nun mein Glück begraben, auf Dir liegen nun die frischen Gräber von Hedda und von mir, und keine Tränen sinken darauf als die Tränen des Himmels.

Die Finsternis der Nacht ist fast gewichen; ein fahler, kühler Morgen zieht herauf. Dicht vor uns liegt das Festland. Weit zurück ein feiner, grauer Strich, das ist Sylt. Der Dampfer tutet. Der Mann auf der Kommandobrücke ruft dumpf in das Sprachrohr: »Stopp!« Wir fahren noch eine kurze Strecke in langsamem Tempo, dann legen wir an.

Die Sonne steigt gerade mit ihren ersten Strahlen über den Marschen auf. Ich springe auf das Festland, das ist wie eine Erlösung. Ich rieche Veilchen und höre tausend Nachtigallen. Nun kommt die Zeit der tiefen Träume.

Heissa, wie ist das Leben süss. Juchhu!